À L'AUBE DU MONDE

DU MÊME AUTEUR

Le Petit livre des coïncidences. Dans le système solaire, Marabout, 2023.
Le Prince aux deux visages, L'Archipel, 2021 ; Archipoche, 2022.
Le Bec de canard, Gallimard, 2022.
L'Île du couchant, Gallimard, 2021.
Le Faucon, Gallimard, 2020 ; J'ai lu, 2023.
Moi, Jérusalem, Plon, 2019.
L'Épopée d'Ulysse, Larousse, 2018.
Averroès ou le Secrétaire du diable, Fayard, 2017.
Je m'appelle Jeanne d'Arc, Leduc jeunesse, 2017.
L'Enfant de Troie, Larousse, 2017.
Le Sabre d'Allah, Robert Laffont, 2016.
Irena Sendlerowa. Juste parmi les nations, Don Quichotte, 2016.
La Découverte du tombeau de Toutankhamon, Larousse, 2016.
L'Envoyé de Dieu, L'Archipel, 2015 ; Archipoche, 2021.
Le Petit Livre des grandes coïncidences, Télémaque, 2015.
L'Aigle égyptien. Nasser, Tallandier, 2015.
La Nuit de Maritzburg, Flammarion, 2014.
Les Nuits du Caire, Arthaud, 2013.
L'Homme qui regardait la nuit, Flammarion, 2012.
Impressions d'Égypte, avec Denis Dailleux, La Martinière, 2011.
Douze femmes d'Orient qui ont changé l'histoire, Pygmalion, 2011.
Inch'Allah :
1. Le Souffle du jasmin, Flammarion, 2010.
2. Le Cri des pierres, Flammarion, 2011.
3. Les Cinq Quartiers de la lune, Flammarion, 2016.
Erevan, Flammarion, 2009.
La Dame à la Lampe, Calmann-Lévy, 2008.
Moi, Jésus, Albin Michel, 2007.
Le Colonel et l'Enfant-roi, JC Lattès, 2006.
Un bateau pour l'enfer, Calmann-Lévy, 2005.
La Reine crucifiée, Albin Michel, 2005.

(suite en fin de volume)

GILBERT SINOUÉ

À L'AUBE DU MONDE

roman

Robert Laffont

ISBN : 978-2-221-26364-8
Dépôt légal : mai 2023
Éditions Robert Laffont – 92, avenue de France 75013 Paris

Ce roman est dédié au Dr Ali bin Tamim, l'écrivain émirati, grand connaisseur de la culture, de la littérature et de l'histoire de son pays. Il a bien voulu, avec une grande générosité et bienveillance, me partager ses connaissances. Grâce à lui, ce roman, qui n'était au départ qu'une vague idée, est devenu réalité.

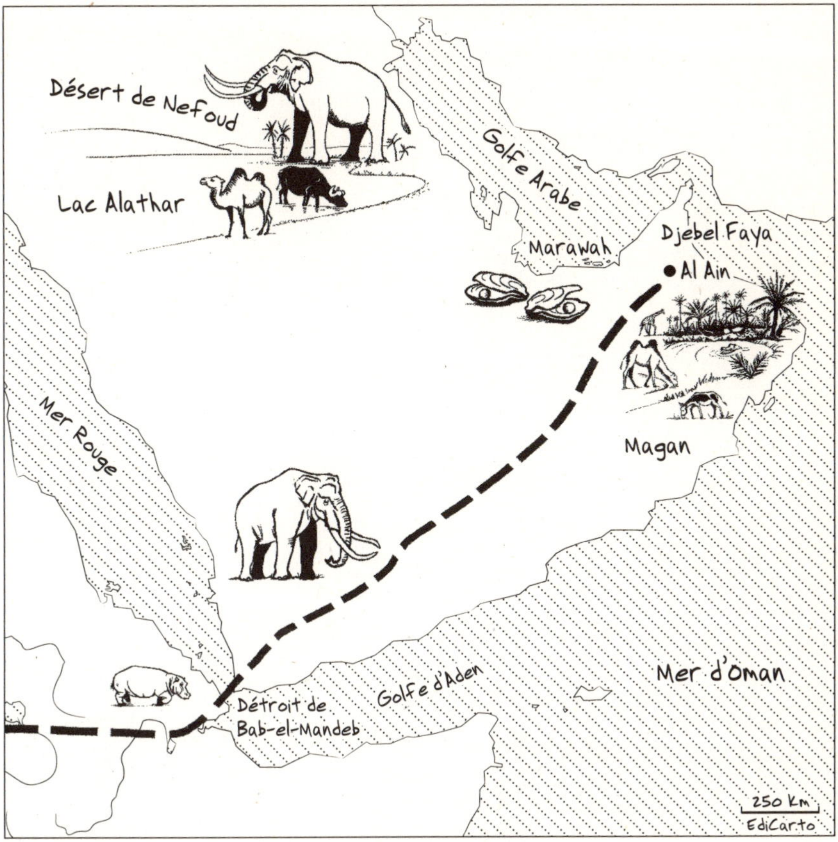

Le grand voyage

Avertissement au lecteur

C'était il y a longtemps.

À l'époque, tous les continents n'en faisaient qu'un : la Pangée, un supercontinent qui commença à se fragmenter et à se dissocier il y a plus de 200 millions d'années. Sa partie septentrionale devint Laurasie, regroupant ce qui formera l'Amérique du Nord, l'Europe et l'Asie ; sa partie méridionale, le Gondwana, se scinda en plusieurs continents pour constituer de nos jours la moitié des terres émergées.

Pendant un certain temps, les anthropologues furent convaincus que la sortie d'Afrique eut lieu aux alentours de 50 000 ans avant notre ère. Toutefois, cette hypothèse se vit remise en question lorsque, vers 2007, ils découvrirent des fossiles humains vieux de 300 000 ans dans la région de Marrakech, à Djebel Irhoud. Mais, jusque-là, les plus anciens restes reconnus d'*Homo sapiens* étaient ceux de l'Homme de Kibish, en Éthiopie, datés de 195 000 ans.

Tout aussi étonnant, sept traces de pas bien distinctes, laissées dans la boue d'un ancien lac (Alathar), à l'ouest du désert de Nefoud, au nord de l'Arabie saoudite, démontrèrent que des humains quasiment identiques à nous-mêmes étaient présents dans cette contrée il y a plus de 120 000 ans. Un lac également fréquenté par des chameaux, des buffles et des éléphants plus grands que les espèces actuelles. Un site qui n'était qu'une étape, puisque les mystérieux voyageurs sont repartis vers une région connue de nos jours sous le nom d'« Émirats arabes unis », plus précisément vers Djebel Faya, près d'Al Madam, 50 kilomètres à l'est de la ville de Sharjah.

Là, les archéologues ont fait la découverte d'outils de silex (haches, grattoirs, lames) plus proches des productions d'Afrique de l'Est que de celles du Levant. Dès lors, une question s'est posée : quelle voie ces hommes ont-ils pu emprunter pour se rendre d'Afrique dans la péninsule Arabique alors que la mer Rouge séparait les deux continents ? Seule explication : un passage à gué.

De fait, en ces temps lointains, la mer Rouge ne faisait que 4 kilomètres de large au niveau du détroit de Bab-el-Mandeb, entre la Corne de l'Afrique et la péninsule Arabique, contre une trentaine aujourd'hui. Par ailleurs, le niveau de la mer était plus bas de 50 mètres. Des fossiles d'animaux typiquement africains, tels que les hippopotames ou les éléphants, indiquent du reste clairement qu'il y a environ 150 000 ans ces animaux ont franchi à pied sec le détroit.

C'est le périple fou accompli par ces premiers explorateurs que ce conte tente de retracer.

Prologue

Mon nom est Raghad. Qui signifie « le-vieux-qui-sait ».

Ai-je cent ou cent mille ans ?

À l'aube du monde, nous ne savions rien des choses du temps si ce n'est le passage des arbres nus aux arbres feuillus, les saisons du renouveau et celles de la mort.

J'appartenais au clan des Mahalis. Nous vivions cernés tantôt par le silence, tantôt par le rugissement des fauves. Dans l'intervalle, ce n'étaient que bruissements et chuchotis du vent. À l'heure des ténèbres, nous observions les étoiles et elles nous fascinaient.

Ne faisant qu'un avec la nature, nous vivions au rythme de l'apparition et de la disparition quotidienne du soleil, de l'apparence de la lune qui croissait et décroissait.

Nous couchions parfois dans des cavernes lorsqu'elles n'étaient pas occupées par les grands ours bruns, abris qui nous protégeaient des prédateurs, des Kassoungas, les Mangeurs d'hommes, et des torrents de pluie qui, souvent, déferlaient du ciel.

Nous étions peu nombreux aussi. Je le sais, car il nous arrivait de marcher pendant de nombreuses lunes avant de croiser d'autres clans, ou des hominidés qui, comme nous – il y a longtemps –, se déplaçaient dans les arbres et pratiquaient parfois la marche au sol. Pourquoi avons-nous opté pour la station debout ? Mystère. Peut-être simplement parce que se tenir sur deux jambes nous a semblé plus efficace pour cueillir les fruits des arbres avec une main de libre ? Ou parce qu'après avoir quitté la forêt et découvert la savane nous étions capables de voir le danger de loin ? Je ne connaîtrai jamais la réponse. Je sais seulement que cette particularité nous permet de courir bien plus vite que les grands singes.

Tout au long de ma longue vie, moi, Raghad, j'ai vu des animaux aussi imposants que des collines. Des éléphants sauvages capables de vous broyer le crâne d'un coup de patte, des félins dont le seul rugissement pouvait vous exiler au Pays-qui-n'a-pas-de-nom. J'ai vu des êtres qui nous ressemblaient comme des frères. Pendant longtemps, nous nous sommes côtoyés pacifiquement, nos femelles s'accouplant même avec leurs mâles, jusqu'au jour où, mystérieusement, ces « frères » ont disparu et il n'est resté que nous.

Si j'engrange les souvenirs dans ma mémoire, c'est pour les transmettre un jour à ceux qui me survivront, aux enfants de mes enfants, aux enfants de ceux-ci, à tous ceux qui suivront. Mon seul espoir est que le clan des Mahalis ne disparaisse pas. Sinon, la terre sera vide d'humains et personne ne sera là pour témoigner de ce que fut notre existence. Ne subsisteront que les rares esquisses d'aurochs, de gazelles ou de chevaux sur les parois des cavernes, qui rappelleront que leurs auteurs, dans l'instant de ces créations, étaient comme frappés de folie. Car je les ai observés. Et j'ai eu l'impression qu'éclairés par leurs torches, ils communiquaient avec des entités non humaines qui habitaient le monde souterrain. Sans doute, à mesure qu'ils dessinaient, la privation progressive d'air les plaçait-elle dans cet état.

Oui. J'ai vu bien d'étranges choses. Et je ne désespère pas d'en découvrir plus encore avant de partir vers le Pays-qui-n'a-pas-de-nom. Pour l'heure, c'est l'histoire des Mahalis que je vais vous conter.

PREMIÈRE PARTIE

1

À l'aube du monde

Quelque part en Afrique.

Sur le visage des Mahalis se lisait le désespoir.

Le ciel s'était fracassé au-dessus de leurs têtes. Ils voyaient la fin du monde. *Leur* fin. Il avait suffi d'un moment d'inattention pour que les maudits Kassoungas, ces barbares, ces primitifs, dérobent leur bien le plus précieux, le frère ennemi de l'eau. Le feu.

Les Kassoungas n'avaient rien à envier aux bêtes les plus féroces. Quand ils ne trouvaient pas de gibier pour se nourrir, ils mangeaient de la chair humaine. Pires que les hyènes, pires que le chien sauvage aux quatre doigts, plus puants que les gloutons, broyeurs d'os. Ils étaient haïs et méprisés de tous les autres clans.

Le feu, c'est Kaloum, le guerrier le plus puissant des Mahalis, qui l'avait un jour capturé. C'était il y a de nombreuses lunes et de nombreux soleils ; mais tous s'en souviennent. Le temps était à la froidure et aux ciels grisâtres, quand les arbres se dénudent et que les terres s'assoupissent. Ce jour-là, un orage avait éclaté et des flèches lumineuses zébraient la voûte dans un grondement terrible.

Ce n'était pas la première fois qu'un tel phénomène se produisait et la réaction des Mahalis avait toujours été la même : certains fuyaient en poussant des cris de terreur, d'autres se jetaient à terre en se couvrant la tête ; quant aux femmes, elles demeuraient silencieuses, immobiles, observant avec effroi les lueurs ocre qui illuminaient le paysage. Mais à la différence des autres fois, un événement extraordinaire s'était produit : Kaloum avait osé marcher vers le brasier né des éclairs !

Kaloum était le chef du clan. Il avait succédé à Irag dit le Ventru, mort déchiqueté par un lion des cavernes. À l'instar de tous les Mahalis, il était puissamment musclé, avec un torse large et des arcades sourcilières proéminentes. Ses jambes, son ventre, son torse et ses épaules étaient couverts d'un poil brun, et une barbe broussailleuse dissimulait sa mâchoire, proéminente elle aussi, et l'absence de menton. Son âge ? Incertain. D'ailleurs, personne ne savait ces choses. On naissait, on vieillissait, on mourait. Il y avait les enfants, les jeunes et les anciens. C'est tout.

Ce jour-là, donc, Kaloum alla jusqu'à la fournaise. Son visage rougeoyait, couvert de sueur. Combien de temps demeura-t-il à fixer le brasier ? Nul n'aurait pu le dire. Mais personne n'oublierait son incroyable geste. Il ramassa une grosse branche et posa son extrémité dans le feu. Aussitôt, tel un reptile, une flamme s'enroula autour de la nouvelle proie qu'on lui tendait. Et elle la captura. À moins que ce fût l'inverse. Ensuite, d'un pas mesuré, Kaloum revint auprès des siens en levant le brandon vers le ciel comme on agite un trophée. Des cris de joie saluèrent sa prouesse. Des cris, et même quelques larmes.

Comment Kaloum eût-il pu imaginer qu'il venait d'accomplir le même geste qu'un autre homme dans un autre temps ? Un homme qui était parvenu à s'introduire dans le palais du roi des dieux et qui, une fois dans la place, avait dérobé le feu sacré et était redescendu sur terre pour l'offrir à ses frères humains ? Sans mesurer alors les conséquences de son acte. Non seulement il fut durement châtié par le roi des dieux, mais les hommes qui, jusqu'à cet instant, vivaient à l'abri des peines, des maladies apportant le trépas, connaissaient depuis la souffrance, la maladie et la mort.

Bien sûr, cela, jamais Kaloum n'eût pu le concevoir. Comme bien d'autres choses.

Une fois auprès du clan, il s'agenouilla et ordonna que l'on entassât quelques brindilles et des morceaux de bois sec. Ensuite, il posa dessus la pointe de la branche, toujours incandescente. Dans un premier temps, il ne se produisit rien hormis quelques volutes de fumée. Le tonnerre se tut. Un grand silence enveloppait le paysage. On en était là, lorsque – autre événement extraordinaire – une femme, Larama, s'approcha. En dépit de sa petite taille, Larama était la plus résistante parmi les filles du clan. Elle pouvait porter un daim sur son épaule, marcher sans défaillir dans la chaleur la plus rude, endurer la faim et la soif, apprêter la peau des bêtes. Et à l'instar de la plupart des femmes du clan, elle savait tailler le silex, les os, et manier la sagaie avec autant d'efficacité que les chasseurs les plus aguerris. Sans les femmes, les hommes n'étaient que peu de chose. Elles anticipaient les jours de disette en faisant de petites réserves de viande et de poissons séchés qu'elles déposaient dans des fosses creusées à même le sol, avec sagesse, mais jamais en grande quantité, car le clan se déplaçait souvent.

Après avoir observé quelques instants les flammèches qui montaient en spirales, Larama s'était mise à quatre pattes et avait soufflé sur les brindilles.

Mystérieuse pulsion. Pourquoi avait-elle agi ainsi ? Quelle voix lui avait intimé de le faire ? Un point rouge grossit, les brindilles crépitèrent et, comme par magie, une flamme jaillit, dansante, fragile, vacillante au début, enfin triomphante.

Une clameur s'éleva jusqu'aux coins les plus reculés de la savane. Les femmes, les hommes, les anciens et les enfants tournoyèrent autour du flamboiement et leurs ombres elles aussi dansèrent.

Le moment d'allégresse passé, une évidence surgit tout naturellement dans les esprits : le feu ne brûlerait pas éternellement ! Il finirait par s'éteindre. Il suffirait qu'il pleuve, qu'éclate un nouvel orage ou qu'il meure comme meurent les êtres.

Machinalement, l'un des guerriers ajouta des branches. Le feu sursauta, éclairant les premières ténèbres. Alors, sans se concerter et comme pour conjurer le sort, les membres du clan formèrent un cercle autour de lui. C'était la première fois qu'ils agissaient ainsi. Il l'ignorait, mais à ce moment naquit leur histoire, celle que les anciens transmettraient aux jeunes et les jeunes à leurs enfants. Une histoire qui se modifierait au fil du temps, pour rejoindre d'autres histoires et devenir des contes, des contes qui deviendraient des légendes et les légendes, des mythes.

Ce fut de nouveau Larama qui suggéra :

— Nous devons protéger le feu pour le garder.

Le clan approuva. Protéger, garder. Mais comment ?

Le jour cédait la place à la nuit et la première étoile venait d'apparaître.

On ajouta de nouvelles branches. Combien de temps encore allait-on répéter ce geste ? Le clan ne pouvait demeurer indéfiniment sur place. Ses membres étaient nés pour se déplacer. Avancer. Aller vers d'autres horizons. N'étaient-ils pas avant tout des nomades habitués à suivre les troupeaux dans leurs migrations ? Des périodes de sécheresse d'une longueur inhabituelle poussaient parfois les animaux à se déplacer tantôt vers le nord ou le sud, tantôt vers l'est ou l'ouest, alors les Mahalis découvraient des terres nouvelles. Ils progressaient, lentement, mais ils progressaient. Grâce aux bouleversements des saisons, ils devenaient des découvreurs.

Soudain, un homme se dressa.

Il s'appelait Dakal. Certains l'avaient surnommé le Fils de l'Aurochs. Personne ne savait pourquoi. Peut-être, un jour, lors d'une chasse, s'était-il retrouvé désarmé face à l'énorme bête, et celle-ci, au lieu de se jeter sur lui, l'avait-elle épargné.

Après avoir jeté un regard circulaire, Dakal se dirigea vers les débris d'un tronc d'arbre éclaté par la foudre. Un lambeau d'écorce incurvé reposait à terre. Il s'assura qu'il était refroidi et le récupéra. En silence, il prit de la mousse et tapissa le fond de l'écorce. Ensuite, en s'aidant de l'un des silex qui leur servaient habituellement à travailler le bois et les peaux, il récupéra les braises et les déposa délicatement sur le tapis de mousse. Satisfait de son ouvrage, s'aidant de quelques branches, il fabriqua une petite cage et y rangea le berceau improvisé.

Tous comprirent que, dès cet instant, ils seraient capables de transporter le feu là où leurs pas les conduiraient et de le ranimer chaque fois qu'ils le souhaiteraient. Ainsi, les Mahalis feraient cuire les viandes, durciraient la pointe des épieux. Le feu éloignerait le terrible lion sans crinière, l'ours, le mammouth, le tigre, et les protégerait contre les agressions du monde.

Le feu serait leur père. Le sauveur.

Il fut décidé aussi que quelqu'un en serait le gardien. Lorsque l'on songea d'emblée à un homme, les femmes poussèrent de hauts cris. Quoi donc ? Elles qui étaient capables de veiller sur leurs nouveau-nés, parfois au péril de leur vie, ne pouvaient-elles devenir les guetteuses du feu ? Qu'avaient-elles de moins ? Les discussions furent vives. On se ligua. D'un côté, les anciens ne voulaient pas entendre parler de cette idée. De l'autre, les plus jeunes ne s'y opposèrent pas, même Abrac, dit l'Impétueux, habituellement prompt à dire non à tout et à tous. Finalement, ce fut Kaloum qui trancha.

— Ce sera Dakal ! N'est-ce pas lui qui a imaginé le stratagème permettant de transporter les braises ? C'est à lui que revient cet honneur. Durant trois lunes. Ensuite, viendra le tour d'une femme de prendre la relève.

La proposition recueillit l'unanimité.

Ainsi, les Mahalis connurent le plaisir de la chaleur les nuits de froidure, le délice des viandes cuites et les soirs de veillée.

On eût pu croire qu'il en serait toujours ainsi.

Quand survint la tragédie.

Une nuit que le clan était endormi, les infâmes Kassoungas, les Mangeurs d'hommes, se glissèrent dans le campement. Étrange ironie du destin, Dakal était de garde. Lorsqu'il s'aperçut de leur présence, il était trop tard. Un coup de massue lui fendit le crâne. Il agonisa, tandis que les Mangeurs d'hommes s'emparaient du précieux trésor. Quelques Mahalis, tirés de leur sommeil, essayèrent de les arrêter. Leurs cadavres jonchaient le sol.

*

Voilà un moment que Kaloum observait l'horizon.

On distinguait vers l'est quelques gazelles qui broutaient paisiblement. Tapie derrière les herbes hautes, une lionne humait l'air. Kaloum comprit que leur mort était scellée. Quand il jugerait le moment propice, le fauve surgirait. Les gazelles qui auraient senti sa présence se lanceraient alors dans une fuite éperdue, une course folle. Combat inégal. La lionne se jetterait sur la plus lente et planterait ses énormes crocs dans son échine. Rien d'inhabituel dans cette scène qui se répétait depuis l'aube du monde. Le fort survivait. Le faible disparaissait.

— Qu'allons-nous devenir, Kaloum ?

La voix de Larama le fit presque sursauter.

— Que ferons-nous sans le feu ? Nous devrons manger la chair crue, nous ne pourrons plus réchauffer nos corps.

Elle répéta :

— Qu'allons-nous devenir ?

Kaloum la dévisagea avec tendresse.

Il aimait Larama. De toutes les femelles, elle était sa préférée. Il l'aimait d'autant plus que, depuis quelque temps, elle avait le ventre rebondi, signe qu'elle portait son enfant. Kaloum espérait un mâle.

— Ne t'inquiète pas, femme. Nous reprendrons notre bien à ceux qui nous l'ont volé.

Tout en disant ces mots, il s'efforçait de ne rien montrer de la peur et de la tristesse qui l'étreignaient depuis l'attaque. Une double blessure. La perte du feu, certes, mais aussi celle de quatre de leurs compagnons. Quatre vies. Quatre hommes perdus, alors que la tribu n'en comptait qu'une vingtaine. Ils manqueraient cruellement si les Mahalis devaient se retrouver face à d'autres combats.

Sur ces mots, Kaloum marcha vers la tribu : une quinzaine de guerriers, dix femmes, autant d'enfants et un ancien, Sahar, le plus vieux de tous. Si vieux que les rides avaient mangé son visage. Depuis combien de temps vivait-il ? Suffisamment pour avoir vu ce que nul n'avait vu, entendu les premiers mots du premier langage inventé, taillé le premier silex biface en forme d'amande. Ses prunelles étaient grises, comme recouvertes d'un brouillard où, certains soirs, se lisaient des récits oubliés.

Kaloum pointa du doigt les plus robustes. Abrac, l'Impétueux, à qui sa jeunesse offrait le courage aveugle ; Rageb, le plus rapide ; Jandar, le plus doux, mais terrible dans un combat, et enfin Zand, incomparable quand il s'agissait de pister une proie. Tous possédaient les mêmes traits et les mêmes membres velus. Leurs sens étaient presque aussi aiguisés que ceux des bêtes.

— Nous allons retrouver les Kassoungas, annonça Kaloum.

Comme à son habitude, l'Impétueux objecta :

— C'est impossible. Nous ignorons la route qu'ils ont prise. Ils ont pu aller en direction du soleil qui se couche ou qui se lève.

Kaloum répondit avec un haussement d'épaules :

— Le chasseur qui suit le mammouth sait-il où il le tuera ?

— Le mammouth est visible à mille pas ! Les Kassoungas, eux, se confondent avec les arbres.

Le ton de la voix était âpre, ce n'était un secret pour personne qu'Abrac jalousait Kaloum.

Celui-ci fit observer :

— Les arbres sont immobiles, pas les humains. Ne sommes-nous pas capables de traquer le gibier ?

Abrac haussa les épaules.

— Si tu le dis.

2

La quête

Voilà trois jours que les cinq Mahalis marchaient dans les pas des Kassoungas. De temps à autre, Zand s'agenouillait pour scruter la terre. Habile à faire le tri entre les empreintes laissées par les bêtes et celles des hommes, il en avait conclu que les Kassoungas ne devaient pas être plus d'une dizaine. Heureusement, la sécheresse qui sévissait depuis quelque temps jouait en faveur des poursuivants, sinon la pluie aurait brouillé toute trace.

Le quatrième jour, ils commencèrent à souffrir de la soif. Point de sources et le sol avait bu la dernière averse. Soudain, alors que l'ombre du cinquième jour s'étendait sur la terre, ils perçurent le bruit d'une cascade.

— Là-bas ! déclara Zand en pointant son index en direction du sud.

Ils accélérèrent le pas. Bientôt, un lac apparut au pied d'une chaîne de roches. L'eau ! La mère créatrice. Ici et là, on apercevait quelques chevreuils, des antilopes, de petits chevaux, les sens aux aguets, prêts à fuir à la moindre alerte. Seul un sanglier, sûr de sa puissance, buvait sereinement.

Quand ils se furent désaltérés, Kaloum annonça :

— Le crépuscule est proche, il est trop tard pour poursuivre la route.

Ils examinèrent le décor autour d'eux. Sur leur droite, non loin, se découpait l'entrée d'une caverne. Il ne leur fallut guère longtemps pour y accéder, mais ce fut seulement après s'être assurés que le lieu était désert qu'ils en franchirent le seuil.

Ce soir-là, ils se nourrirent de la chair crue d'une antilope. Un repas triste pour ceux qui avaient appris à aimer l'arôme des viandes rôties.

Kaloum prit la première veille.

Il s'installa à l'entrée de la caverne, un hachereau posé sur les cuisses, lui qui n'ignorait rien de la mouvance des ombres, du craquement des feuillages, de l'haleine des prédateurs. Au fil des années, l'expérience lui avait enseigné à faire la différence entre tous. Il avait appris aussi qu'un moment de distraction était synonyme de mort. Levant le visage vers l'immensité de la voûte constellée d'étoiles, il la fixa comme toujours avec la même fascination. Là-haut, tout n'était qu'énigmes et mystères. D'où provenaient ces lumières ? Et pourquoi la nuit ? Elles paraissaient si nombreuses, bien plus sans doute que les milliers de vivants qui peuplaient la terre. Et pourquoi, d'entre tous les animaux, lui et ceux de son clan s'étaient-ils dressés un jour sur deux pieds au lieu de continuer à marcher à quatre pattes ? Ne naissaient-ils que pour mourir ? Comme toujours, les interrogations de Kaloum restaient sans réponse.

Vers la moitié de la nuit, il alla réveiller Jandar afin qu'il le relève. Après avoir poussé quelques grognements, celui-ci se dressa. C'est à cet instant que des froissements de branches brisèrent le silence. À peine perceptibles, mais suffisamment sonores pour que les sens extraordinairement aiguisés des deux hommes les perçoivent.

— C'est un ours ! s'affola Jandar. Ce devait être son antre !

— Un ours ? Mais comment peux-tu en être sûr ?

— Je sais. C'est tout. Je sais. Il faut alerter les autres.

Tirés du sommeil, Rageb, Abrac et Zand récupérèrent leurs armes et se postèrent sur le seuil.

Jandar avait raison. En contrebas, une bête immense montait vers eux.

— Brun ! C'est un ours brun ! s'exclama Zand.

C'était vrai aussi. Un ours brun qui, parmi tous les ursidés, était de loin le plus grand, le plus redoutable, le plus lourd. Les anciens affirmaient que seul le blanc le dépassait en force et en taille, mais nul n'en avait jamais vu. À mesure que l'animal approchait, on voyait ses dents qui, par moments, étincelaient sous la lueur des étoiles. Les Mahalis sentirent grandir la peur qui palpitait en eux.

— Vite, il faut bloquer l'entrée ! ordonna Kaloum en désignant des blocs de pierre disséminés au fond de la grotte.

Ils les empilèrent jusqu'à ce qu'il ne demeurât qu'une ouverture vers la droite, à hauteur d'homme. Quand l'ours fut proche, il s'immobilisa devant le passage obstrué : une obscure association se faisait dans son esprit entre l'obstacle qui l'empêchait de rentrer chez lui et ceux qui en étaient responsables. Il se dressa sur ses pattes arrière et glissa sa gueule dans l'ouverture. Lorsque l'énorme crâne apparut, les hachereaux s'abattirent. La bête poussa un rugissement terrible et recula. Très vite, elle changea de tactique et chercha à renverser les blocs. Tantôt l'ours s'élançait contre les pierres, tantôt il cherchait à les user de ses griffes. Finalement, il trouva un point faible et s'acharna dessus.

Le souffle court, le cœur battant à tout rompre, les Mahalis attendaient.

Comme le point qu'il avait cru vulnérable résistait à ses coups de boutoir, l'animal, empli de fureur, s'y jeta de tout son poids. Un choc si violent que la plupart des rochers roulèrent à terre.

Pris de panique, les Mahalis reculèrent vers le fond de la caverne. Sauf Zand qui, plus lent à réagir, parce que plus âgé, se retrouva prisonnier entre les pattes monstrueuses. Les griffes lui labourèrent le corps, lui déchiquetèrent la peau. Mais, curieusement, lui ne songeait pas à se défendre ; il ressemblait à l'antilope sous les crocs du lion, bouche béante, qui attend la mort. Kaloum fut le premier à réagir. Abandonnant son hachereau qu'il jugea inutile, il prit à deux mains sa massue et l'abattit sur la mâchoire de l'ours. Un deuxième coup envoyé cette fois par Rageb rebondit sur son crâne. Mais ce n'était pas suffisant. Et le monstre, délaissant Zand, se ressaisit pour foncer sur ses assaillants. C'est à peine s'ils eurent le temps de se blottir dans un renfoncement creusé dans la roche. Emporté par son élan, l'ours trébucha. Jandar, poussant un cri de guerre, abattit de nouveau sa massue. Un craquement terrible se fit entendre. Le plantigrade vacilla, à moitié assommé. Aussi, Jandar, mû par une force venue du fond de la terre, lui fracassa-t-il la mâchoire, tandis que Kaloum et Rageb enfonçaient leurs sagaies dans sa panse. La bête s'affaissa lourdement, museau contre terre.

Haletants, épuisés, tremblant encore, silencieux et respectueux aussi, ils observèrent son agonie. De tous les prédateurs, ils avaient toujours considéré l'ours comme le plus noble des ennemis. Ne partageaient-ils avec lui les mêmes espaces, les mêmes refuges, les mêmes proies et peut-être les mêmes peurs ?

Un gémissement de Zand les tira de cette contemplation. Les blessures que lui avait infligées l'animal étaient si profondes que, par endroits, elles laissaient entrevoir l'os sous la peau. Ils échangèrent un regard dans lequel on lisait que jamais leur compagnon ne survivrait.

— Laissez-moi, murmura-t-il. Partez.

— Non ! cria Kaloum. Nous te porterons à tour de rôle.

— C'est impossible ! protesta Abrac au cœur sec. Il nous ralentira et nous n'aurons plus aucune chance de rattraper les Kassoungas.

— Il a raison, malheureusement, approuva Jandar.

— Oui. Laissez-moi, répéta Zand. Vous viendrez me chercher quand vous aurez retrouvé le feu.

Il leva la main vers la dépouille de l'ours.

— J'ai suffisamment de nourriture pour tenir.

À contrecœur, Kaloum dut se résigner. Le feu était plus important que la vie de Zand. Que sa propre vie.

— Très bien. Nous passerons la nuit ici et demain nous repartirons.

À l'aube, lorsqu'ils s'éveillèrent, ce fut pour constater que le sang avait quitté le corps de Zand. Il avait rejoint l'ours au Pays-qui-n'a-pas-de-nom. Au tréfonds de lui, Kaloum fut soulagé.

Ils reprirent la route.

Le septième jour, la lune disparut du ciel. Il leur sembla brusquement qu'ils ne connaîtraient plus jamais que les ténèbres. De temps à autre, ils guettaient les arbres, espérant y voir la flamme étinceler dans sa cage. Malheureusement, ce n'étaient que les étincelles perdues des étoiles.

Finalement, au soir du huitième jour, alors que le couchant teintait le paysage de rose, ils perçurent l'odeur du feu. Elle s'élevait, masquée derrière un tertre.

— Apprêtez vos armes, s'exclama Abrac, toujours prompt à se battre.

— Non ! ordonna Kaloum. Nous les attaquerons pendant leur sommeil.

Kaloum avait pris conscience de la proximité du péril qui les attendait : la réputation des Kassoungas était redoutable. Leur force et leur férocité dépassaient celles de toutes les hordes connues. Leurs bras étaient plus longs que ceux des Mahalis et leurs corps, plus velus. Ils étaient mi-humains, mi-singes.

Lorsque les ténèbres eurent complètement noyé le paysage, Kaloum donna le signal. Ils gravirent le tertre. Une fois au sommet, accroupis parmi les hautes herbes, ils aperçurent les Mangeurs d'hommes couchés en demi-cercle autour d'un brasier.

Deux guerriers veillaient.

L'un, assis sur une provision de bois sec, tenait un épieu ; l'autre allait et venait et ses narines interrogeaient l'air de la nuit. Tout à coup, il interrompit sa marche et leva la tête vers l'endroit où étaient tapis les Mahalis. Sans doute, quelque vague effluve l'inquiétait.

— Nous sommes trop près, remarqua doucement Jandar. Le vent porte notre trace.

— Il faut ruser, dit Kaloum.

Ils opérèrent un demi-tour et s'abritèrent derrière un gros buisson, demeurant là, immobiles, songeant à des stratagèmes, jusqu'au moment où le glapissement d'un chacal éveilla leur attention.

— Voici la solution, annonça Kaloum.

Les compagnons le fixèrent, étonnés.

Il reprit :

— Les chacals sont aussi rusés que les loups, mais ils ont toujours faim. Jandar et moi irons vers eux. Lorsque nous serons tout proches, nous déposerons sur l'herbe le morceau de biche que nous avons conservé d'hier. Quant à vous autres, vous resterez en retrait, prêts à attaquer. Quand le chacal s'approchera, votre sagaie devra être plus agile que lui. Allons-y !

Les chacals n'étaient pas difficiles à suivre ; leurs jappements les dénonçaient. Kaloum et Jandar les trouvèrent près d'un massif de térébinthes. Il y en avait trois, qui s'acharnaient sur des ossements. Curieusement, ils ne prirent pas la fuite quand ils aperçurent les hommes. Ils se contentèrent de darder sur eux leurs prunelles.

Kaloum et Jandar posèrent alors sur le sol le quartier de biche, et se retirèrent. Aussitôt, les bêtes se mirent à rôder autour, hésitantes. Au bout d'un long moment, le plus téméraire se jeta sur la viande, aussitôt suivi par les deux autres. C'est alors que les sagaies d'Abrac, de Zand et de Rageb fendirent l'air. Deux manquèrent leur cible et allèrent se ficher dans la terre, la troisième, celle de Rageb, s'enfonça dans les flancs du chacal le plus proche, qui grogna et s'effondra. Avec des jappements rageurs, les autres s'évanouirent dans les fourrés.

Alors que Rageb achevait l'animal blessé, Kaloum déclara :

— Nous allons le dépecer et frotter nos peaux de sa fourrure. L'odeur du chacal est beaucoup plus forte que la nôtre. Nous pourrons ainsi approcher sans crainte du campement.

Chez les Kassoungas, le feu s'était réveillé, nourri de branches et de rameaux. On apercevait plus distinctement les dormeurs étendus. Un veilleur avait succédé aux deux autres, assis, tête basse, somnolant.

— Celui-là, fit Kaloum, sera facile à surprendre... Attendez-moi ici.

Il se glissa au pied du tertre, rampa parmi les herbes, et se trouva finalement à une trentaine de coudées du feu.

Le veilleur n'avait pas bougé. S'il perçut l'odeur du chacal, elle ne lui inspira aucune inquiétude. Kaloum put continuer à progresser. Quand il ne fut plus qu'à cinq coudées, il prit une profonde inspiration, tendit ses muscles et, avec l'agilité d'un léopard, bondit vers l'homme, lui trancha la gorge à l'aide de son silex et, sans hésiter, se précipita vers les flammes. Après s'être emparé d'un tison, indifférent à la morsure du feu, il fila vers le tertre. Il n'avait pas fait dix pas qu'un hurlement rageur retentit. Les Kassoungas se lançaient à sa poursuite avec des grognements de sanglier. Malgré leurs jambes courtes, ils étaient rapides, mais pas assez pour rattraper Kaloum qui, au pied du tertre, cria, à l'intention de ses amis :

— Fuyez ! Fuyez !

Ils obtempérèrent. Tout en courant, Kaloum jetait des coups d'œil sur le tison pour vérifier qu'il était toujours rougeoyant, mais, au fur et à mesure que se prolongeait la poursuite, sa lueur pâlissait. Kaloum voulait néanmoins garder espoir. Il se disait qu'à la première halte il le ranimerait en le nourrissant d'herbes sèches et en soufflant dessus comme l'avait fait Larama.

Le soleil fut bientôt au midi et les Mahalis n'étaient toujours pas parvenus à semer leurs poursuivants. Kaloum songea un instant à s'arrêter pour combattre. Mais c'était prendre un trop grand risque. Vers le milieu de l'après-midi, le tison n'était plus qu'un souffle pâle.

À la nuit tombée, ils réussirent enfin à distancer les Kassoungas. Ils étaient sauvés. Mais lorsqu'ils décidèrent de s'arrêter, ce fut pour constater que le cœur du bois avait cessé de battre. Il n'était plus que cendres.

Une tristesse infinie les submergea.

— C'est sa faute, reprocha Abrac, en pointant l'index sur Kaloum. Il a voulu agir à sa guise en attaquant seul les Mangeurs d'hommes. Si…

— Tais-toi ! se récria Rageb. Tu es plein de venin. Kaloum a fait ce qu'il devait faire.

— Et il a mal fait. Nous avions retrouvé le feu, nous l'avons perdu !

Comme Kaloum ne réagissait pas, Jandar décida d'intervenir à son tour.

— Tes mots sont plus vides que des coquilles ! Tu ne sais rien. Tu ne comprends rien et tu es aveugle.

Il fit un pas vers Abrac qui, aussitôt, saisit son hachereau.

— Méfie-toi ! Un jour, ta jeunesse n'éveillera plus notre indulgence. Et ce jour-là…

Il se tut, mais son silence était plus menaçant que s'il avait brandi sa sagaie.

Kaloum avait observé la scène sans rien dire. En vérité, il avait l'esprit ailleurs. Il songeait à la promesse faite à Larama : « Nous reprendrons le feu à ceux qui nous l'ont volé. Et je te rapporterai des coquillages et des pierres bleues. »

Abrac avait raison. Il avait échoué.

3

L'inconnu

Voilà bien des saisons que les Mahalis survivaient dans les ténèbres. Plus d'une fois, ils avaient tenté de retrouver la trace des Kassoungas, en vain. Ils en conclurent que, pour les châtier, la terre les avait engloutis. Au cours de leurs recherches, ils avaient eu l'occasion de croiser d'autres hommes qui leur ressemblaient et qui, eux aussi, étaient en quête du feu. Le seul bref moment de réjouissance fut la naissance de l'enfant que portait Larama. Une fille. Ils la nommèrent Samali. Kaloum en fut heureux, bien qu'il eût préféré un mâle.

Régulièrement, les hommes et les femmes jetaient des regards vers le ciel dans l'espoir qu'il leur envoie de nouveau les éclairs qui feraient flamber les arbres. Mais le ciel restait désespérément bleu et pesait sur eux une immense solitude. Un soir, un léopard s'était jeté sur la sœur de Larama, et l'un des guerriers qui tentaient de lui faire face avait été déchiqueté. La tribu diminuait. L'hiver s'installa. Le gel mordait les visages. Bientôt, Kaloum tomba malade et fut trop faible pour imposer son commandement. Aussitôt le désordre grandit parmi les membres du clan. Abrac – toujours vorace – se proposa de le remplacer. Rageb et Jandar protestèrent.

— C'est Kaloum, notre chef ! Et il le restera.

Abrac eut quelques partisans, mais le plus grand nombre resta fidèle à Kaloum et, grâce à l'Ancien, il n'y eut pas de lutte armée. Sahar les apaisa en leur expliquant que la mort rôdait partout et qu'il serait absurde de l'aider dans sa tâche. Il conclut de sa voix éraillée à l'intention d'Abrac :

— Tout se mérite, rien ne se prend ! Kaloum a vécu de nombreuses vies. Les cicatrices qui couvrent son corps en témoignent. Il n'y a pas eu de guerrier comparable à lui parmi nos pères et il n'y en aura pas parmi nos enfants, ni les enfants de nos enfants. Si tu veux prendre sa place, tu devras la mériter.

Abrac se rencogna dans le silence, mais tous sentaient qu'il fulminait.

Plusieurs fois, au cours du voyage, on délégua des éclaireurs : ils revinrent sans avoir découvert aucune piste. Nulle trace des Kassoungas. Heureusement, le clan parvenait à survivre, souvent grâce aux femmes. Elles se livraient à la cueillette de racines ou de végétaux aquatiques qu'elles arrachaient dans l'eau des marais. Elles avaient aussi appris à tresser des filets en usant de toutes sortes de fibres, ce qui leur permettait de pêcher lorsque l'occasion se présentait.

Un matin, alors que le soleil commençait à se lever derrière l'horizon, Larama s'approcha de Kaloum et lui annonça fièrement :

— Regarde le présent que je t'apporte.

Elle tenait dans ses bras un nouveau-né. Kaloum tressaillit.

Larama ajouta :

— Un garçon. Celui que tu espérais.

Les yeux de Kaloum irradièrent de joie. Jusque-là, par deux fois, les bébés qui avaient poussé dans le ventre de Larama étaient morts : l'un, quelques heures après la naissance, le second, un mois plus tard. Kaloum commençait à croire qu'il en était responsable. Il aurait dû mieux veiller sur Larama, se montrer plus attentionné. Cette fois, tout au long de la gestation, il lui avait formellement interdit de se livrer à des travaux pénibles, la couvant du regard. Toutes les nuits, lorsqu'elle s'endormait à ses côtés, il caressait le ventre de Larama et entamait un dialogue silencieux avec la vie qui croissait en elle. Neuf mois durant lesquels il avait vécu dans l'appréhension de devoir partir un jour pour le Pays-qui-n'a-pas-de-nom sans avoir eu de descendance mâle.

Il prit l'enfant et le serra contre son torse velu. Une voix lui souffla que celui-là survivrait longtemps, bien après que Kaloum aurait rejoint le Pays-qui-n'a-pas-de-nom.

— Nous l'appellerons Gam, déclara-t-il, la voix nouée par l'émotion. Il sera ma force et mon successeur.

Ce jour-là, il eut la certitude d'avoir vaincu le Pays-qui-n'a-pas-de-nom, puisque le jour où il partirait, une part de lui survivrait.

Larama se serra contre Kaloum et le bébé et demanda :

— Es-tu fier de moi ?

— Je n'ai pas attendu ce jour pour l'être. Tu es mon unique. Je…

Un cri l'interrompit.

— Regardez ! Là-bas !

Un homme avançait le long de la rive. Kaloum ordonna :

— Que tous prennent les armes !

L'Ancien s'opposa :

— Non ! S'il avait de mauvaises intentions, il ne marcherait pas à découvert. Laissons-le venir.

L'homme était grand, plus grand que la plupart de ceux du clan, avec les épaules larges et une allure imposante. Il portait sur le dos une gibecière et tenait une longue sagaie à pointe de corne. La peau de bison qui habillait son corps laissait entrevoir la partie supérieure de sa poitrine.

— Il arrive de l'aval, nota encore Sahar. Il doit appartenir aux clans de « Ceux-qui-chassent-dans-les-plaines ».

— Il s'approche ! s'affola de son côté une femme en attirant son enfant contre elle.

Parvenu à quelques coudées, l'inconnu toisa le clan et se renseigna dans un langage rudimentaire qui ressemblait à celui des Mahalis :

— D'où venez-vous ?

Kaloum répondit le premier :

— De là où soufflent les vents chauds, et toi ?

L'homme indiqua l'horizon.

— J'appartiens au clan de « Ceux-qui-chassent-dans-les-plaines ».

Sahar avait vu juste. Il demanda :

— As-tu croisé les Kassoungas ?

L'inconnu fit une horrible grimace qui témoignait de son dégoût.

— Les Mangeurs d'hommes ? Oui, une fois. Ils sont pires que les pires des bêtes les plus féroces. Quand nous les croisons, nous les tuons. Pourquoi vous intéressent-ils ?

Kaloum répliqua :

— Ils nous ont volé le feu.

— Ah… fit l'inconnu avec indifférence. Est-ce si grave ?

La stupéfaction apparut sur les traits des Mahalis.

— Comment peux-tu poser une question pareille ? se récria Rageb. Ne sais-tu pas ce que signifie perdre le feu ?

L'inconnu secoua la tête.

— Voilà bien des lunes que « Ceux-qui-chassent-dans-les-plaines » n'ont plus perdu le feu. Quand il meurt, nous lui redonnons la vie.

Jandar s'approcha, abasourdi.

— Ah bon ? De quelle manière ?

L'inconnu éluda la question. Il laissa errer son regard sur les femmes du clan et, après quelques instants, désigna Larama.

— Elle ! En échange, je vous livrerai le secret du feu.

Des cris outragés s'élevèrent.

— C'est impossible ! protesta une voix. Elle appartient à notre chef, Kaloum !

— Une femme n'est à personne, mais à tous, rétorqua l'inconnu.

La coutume voulait que chaque femme ait son homme et qu'il dorme avec elle, mais ce n'était pas une règle immuable ni commune. Il arrivait qu'une femme jette son dévolu sur le mâle de son choix et inversement. Ce n'était pas le cas de Larama et de

Kaloum. Depuis le premier soir où ils s'étaient unis, jamais ils n'avaient été autrement que l'un pour et avec l'autre. Sans qu'ils puissent donner un nom au lien mystérieux qui les unissait, elle était lui, il était elle.

L'inconnu se contenta de répéter :

— Elle !

Kaloum brandit sa massue.

— Retourne d'où tu viens !

L'homme haussa les épaules.

— D'accord.

— Attends ! s'écria Abrac.

S'adressant à Kaloum, il enchaîna :

— Tu n'as pas le droit ! Que fais-tu de nous ?

Il désigna les membres du clan.

— Regarde !

Il y avait là des femmes, des hommes, des enfants, des nouveau-nés. Une quarantaine en tout. Et tous affichaient la même expression, entre désarroi et secrète espérance.

— Le feu vaut bien une femme, même la tienne !

— Jamais !

— Et la survie des Mahalis ? Qu'en fais-tu ?

Kaloum resta silencieux.

La voix de l'inconnu s'éleva :

— Je m'en vais. Gardez vos femmes.

— Sage décision, approuva Kaloum. Et ne reviens plus.

L'inconnu allait repartir, lorsque, à la surprise de tous, Larama se précipita vers lui.

— Non ! Reste. Prends ce que tu veux !

Elle se tourna vers Kaloum et poursuivit d'une voix suppliante :

— Accepte. Je t'en supplie !

Il rugit tel un fauve :

— Tu es à moi ! Je t'interdis !

— Je t'en supplie. Je…

— Écoute-la ! lança Abrac.

Il ajouta avec ironie :

— N'es-tu pas le chef ? En tant que tel, ne dois-tu pas veiller à la survie des tiens ?

Il prit le clan à témoin.

— N'est-ce pas son rôle ?

Contre toute attente, la plupart approuvèrent d'un mouvement de la tête. Sauf les femmes.

Larama agrippa la main de Kaloum.

— Je t'en prie. Songe à Gam, ton fils. Songe à tes filles, à tous les enfants des Mahalis. Laisse-moi aller vers l'homme.

— Il n'en est pas question ! s'écria Kaloum avec force. Tu n'es pas de celles qu'on partage !

L'Ancien prit de nouveau la parole.

— Elle a raison. Larama se donnera à l'inconnu, mais continuera toujours d'appartenir à Kaloum, car donner son corps n'est pas donner son cœur.

— Sagement parlé ! approuva Abrac, triomphant.

Et tous les hommes de s'exclamer en chœur :

— Qu'il en soit ainsi !

— Oui, murmura Larama, l'Ancien dit vrai : donner son corps n'est pas donner son cœur. Je ne cesserai jamais d'être tienne.

Il y eut un long silence. On sentait Kaloum à la torture. Finalement, il fixa l'inconnu et lâcha sur un ton méprisant :

— Tu as dit des Mangeurs d'hommes : « Ils sont pires que les pires des bêtes les plus féroces. » Tu n'es pas différent.

Il pivota et, les épaules voûtées, s'en alla au cœur des arbres. Dès qu'il eut disparu, l'inconnu ordonna à Larama :

— Suis-moi !

Elle eut un moment d'hésitation.

— Allons, ironisa Abrac. Tu risques d'apprécier ! Tu…

Il n'eut pas le temps d'achever sa phrase. Une pierre heurta violemment son crâne et le fit chanceler. Abasourdi, il chercha des yeux le responsable, mais ne vit que des traits impassibles.

Seul l'Ancien esquissa un sourire et se dit que Kaloum n'avait rien perdu de sa précision.

*

Le clan avait formé un cercle autour de l'inconnu qui, assis par terre, tenait deux pierres entre les mains qu'il avait sorties de sa gibecière.

Il expliqua :

— Deux silex frappés l'un contre l'autre ne produisent que de toutes petites étincelles qui s'éteignent très vite. Il faut surtout un fragment de cette pierre.

Il montra un minéral qui dégageait de magnifiques reflets dorés.

— En les cognant l'un contre l'autre, nous obtenons de grosses étincelles.

— Montre-nous ! s'écrièrent les Mahalis.

— Ce n'est pas tout…

— Il faut des brindilles ? suggéra timidement Jandar.

— Pas seulement.

Il pointa de l'index un grand champignon surmonté d'un chapeau en forme de casque[1].

---

1. Il s'agit d'un amadouvier. Il pousse habituellement sur certains arbres : chêne, peuplier, hêtre. Quant à la pierre, c'est de la pyrite. Elle fut remarquée des anciens pour les étincelles qu'elle

— Il est essentiel.

Sans attendre, l'inconnu frappa les deux silex l'un contre l'autre. Une fois, deux fois. Trois. Comme il l'avait affirmé, une grosse étincelle se produisit. Il l'approcha aussitôt du champignon et bientôt naquit une petite flamme.

L'inconnu commenta :

— Vous pouvez aussi utiliser des herbes sèches.

Et il ordonna :

— Maintenant posez les brindilles !

L'un des Mahalis s'exécuta.

Il y eut une clameur.

Un véritable brasier était né de l'unique flamme. Femmes, enfants, hommes, tous contemplaient ce prodige avec des yeux à la fois émerveillés et incrédules. L'inconnu avait donc dit la vérité.

Une fois que le feu eut bien pris, il se redressa.

— Je retourne auprès des miens. Vous n'oublierez pas mon nom : on m'appelle Matama.

Avant de partir, il jeta un dernier coup d'œil vers Larama.

Elle était assise au pied d'un arbre, le visage noyé de larmes.

De l'étreinte, elle ne se souvenait que de sa brièveté et des halètements de l'homme. Une

---

produit sous les chocs. Le terme provient du grec *pyrítès* – littéralement « pierre à feu ».

pénétration que sa fugacité avait quelque peu adoucie. Maintenant, elle aurait voulu que ses larmes lui purifient tout le corps, chaque parcelle, tant elle se sentait avilie. Mais cela ramènerait-il Kaloum ?

4

La colère de la terre

Redevenus les maîtres du feu, les Mahalis revivaient. Ils savaient désormais que, même si d'autres cherchaient à le dérober, ils seraient capables de le recréer.

Depuis le départ de l'étranger, Kaloum, lui, s'était métamorphosé. Une tristesse indicible couvrait ses traits et ses yeux débordaient de noirceur. Larama essaya plus d'une fois de l'apaiser, mais il ne l'entendait pas, ne la voyait plus. Il la rejetait de tout son être à cause de la souffrance qui le rongeait, et que jamais il n'avait ressentie auparavant. À la différence des blessures causées par les combats qui ne faisaient mal qu'à son corps, celle qu'il éprouvait torturait son esprit. D'où venait-elle ? Pourquoi ? Quel mot pouvait la nommer ?

— Quand vas-tu nous revenir, Kaloum ?

Il n'eut pas besoin de se retourner pour reconnaître la voix de Sahar.

L'Ancien s'adossa contre un acacia et dit encore :

— Tu me fais penser à ces quadrupèdes qu'il nous arrive de rencontrer. Pas plus grands qu'un enfant, avec un énorme museau allongé et pas très futés.

Kaloum émit un grognement et répliqua tout en continuant de polir une pierre d'un vert sombre, une jadéite, qu'il avait préalablement taillée :

— La maîtrise du feu méritait-elle que je me déshonore ? Je me suis sacrifié pour que vive le clan et…

— Tu t'es sacrifié ? rugit Sahar. Et Larama ? En faisant don d'elle-même, ne s'est-elle pas elle aussi sacrifiée ?

— Elle n'a donné que son corps, moi, mon honneur.

— Magat ! cria l'Ancien (c'était une onomatopée de son invention pour qualifier quelqu'un à l'esprit malade). Je croyais qu'à la différence de la plupart des hommes du clan, tu avais compris qu'une femme possédait aussi ce que tu appelles « l'honneur ». Crois-tu qu'en étant forcée de s'accoupler avec cet homme elle n'a pas souffert ? Et à sa souffrance, depuis, tu en as ajouté une autre : le rejet. Tu l'as bannie ! Tu l'as livrée en pâture à des loups qu'on ne voit pas mais qui sont en train de lui manger le cœur.

L'Ancien marqua une pause, puis ajouta :

— Écoute-moi, Kaloum. Tu es le fils que j'ai perdu. Mon enfant mort. Celui que le Pays-qui-n'a-pas-de-nom m'a volé un matin, il y a longtemps. Il ne me reviendra plus. Un jour, ce sera ton tour. Et ce jour-là, Kaloum, avant de fermer les yeux, tu penseras à Larama. Tu penseras à elle. Mais ce sera trop tard et tu partiras dans les vallées du regret.

— Tu ne comprends donc pas ! hurla Kaloum. Il ne s'agit pas que de Larama et moi. Dans ma tête se livre une guerre ! Nous avons plié devant cet homme venu d'ailleurs. Pourquoi ? Pour obtenir le pouvoir du feu. Et demain ? Face à quel autre pouvoir devrons-nous plier ?

L'Ancien fixa Kaloum longuement et répondit :

— À quoi bon se poser des questions insolubles ?

Il se redressa et conclut :

— Garde tes forces pour ceux que tu aimes et qui t'aiment. Vis !

Le message de Sahar avait dû cheminer dans la tête de Kaloum. À la nuit tombée, il alla s'étendre pour la première fois depuis longtemps près de Larama. Il fit courir sa main le long de son corps, sur la courbe de sa taille, le galbe de sa hanche. Larama perçut le souffle de son homme qui s'accélérait. Elle eut envie de sentir en elle sa virilité et se pressa contre lui comme pour le supplier de la satisfaire. Lorsqu'il répondit à son appel, elle cria son nom. Leurs corps s'embrasèrent le temps d'une étreinte qui défiait le temps et l'effroyable sentiment de solitude inséré en eux depuis leur naissance.

*

La saison chaude était arrivée ; elle brûlait les peaux et les arbres, et tuait les plantes. Jamais la terre n'avait été aussi sèche et l'on pouvait voir le sol se craqueler comme une feuille morte.

Alors que le soleil était au zénith, la main de Gam se posa sur celle de Kaloum et le tira de sa songerie.

— Papa, je peux aller jouer près du ruisseau ?

Il contempla un moment son fils. Il poussait si vite. Trop, peut-être. Il arrivait à la taille de Kaloum. Bientôt, il le dépasserait.

— Le ruisseau ? Mais mon fils, il ne reste rien du ruisseau. Le soleil a tout bu.

— Oui, mais on trouve encore des galets.

Kaloum acquiesça.

— Ne t'éloigne pas. C'est dangereux.

Parvenu devant le cours asséché, le garçon se mit en quête de ses pierres favorites. Il en trouva une, puis une deuxième, une troisième, et les empila. Il allait ajouter une dernière, lorsque tout à coup, sans aucune raison apparente, sa petite pyramide vacilla. Et s'effondra. Surpris, le garçon regarda autour de lui. Il n'y avait pas de vent pourtant. Pas le moindre souffle. C'est à ce moment-là qu'il entendit le grondement et sentit la terre trembler sous ses pieds. Les buissons alentour s'agitaient comme si une force invisible en ébranlait les racines. Des rochers bougeaient. Les rares arbres titubaient. Certains même s'abattirent avec un craquement sinistre. Terrorisé, Gam essaya de se tenir debout, mais, déséquilibré par le mouvement du sol, il fut jeté à terre. Alors il n'osa plus faire un pas.

— Ne bouge pas ! Ne bouge pas !

Le garçon vit son père qui courait vers lui. Il tenta de nouveau de se relever et poussa aussitôt un cri d'horreur. La terre se fendillait sous ses pieds. Il se jeta en arrière juste à l'instant où une crevasse déchirait le sol. Une crevasse qui devint de plus en plus béante, tandis que le grondement se faisait assourdissant. Alors qu'il était à deux doigts d'être avalé par la faille, une main l'agrippa, le souleva et il se retrouva dans les bras de son père.

— Je suis là, le rassura Kaloum. N'aie pas peur.

Le garçon bredouilla :

— Qu'est-ce qu'il se passe, papa ? Pourquoi la terre bouge ?

En guise de réponse, Kaloum le mit sur ses épaules et courut vers le campement. Une nouvelle secousse, plus forte que la précédente, ébranla de nouveau le paysage. Les auvents de peau qui composaient les abris du clan s'effondrèrent. Les hommes hurlaient et les femmes, pétrifiées, étaient accroupies sur le sable comme si elles voulaient s'y enfoncer. Kaloum chercha du regard Larama et leur fille, Samali, et les aperçut à l'autre extrémité du camp, enlacées, tremblantes.

C'est alors que lui revinrent les mots de Sahar. « Tu es le fils que le Pays-qui-n'a-pas-de-nom m'a volé un matin, il y a longtemps. Il ne me reviendra plus. Un jour ce sera ton tour. Et ce jour-là, Kaloum, avant de fermer les yeux, tu penseras à Larama. » La saison froide avait succédé à la saison chaude, et le soleil s'était levé et couché d'innombrables fois. Aujourd'hui, c'était comme si l'inconnu qui l'avait outragé n'avait jamais existé. Seuls comptaient le présent et la peur que le Pays-qui-n'a-pas-de-nom n'emportât ceux qu'il aimait. Le cœur battant aussi fort que la pluie contre les pierres, il déposa Gam près de sa mère et de la petite Samali, et les enveloppa tous les trois entre ses bras.

La terre continua de trembler quelque temps encore. Des images floues d'ombres agitées, des cris, occultaient le paysage. Enfin, le silence revint. Un silence presque effrayant. On eût dit que la nature avait cessé de respirer de crainte d'éveiller à nouveau le monstre qui habitait dans son ventre.

À l'instar de la foudre, ce n'était pas la première fois que les Mahalis étaient confrontés à d'étranges phénomènes. L'Ancien affirmait que le père du père de son père avait vu un jour des rivières enflammées qui coulaient du sommet d'une montagne pourtant couverte d'un manteau de neige. Bouillonnantes, celles-ci rampaient le long de ses flancs comme des serpents et dévoraient tout sur leur passage. Dans le même temps, le ciel se couvrait de noir tandis qu'une pluie de cendres se répandait sur la terre. Mais il n'y avait pas eu que des phénomènes funestes. Certaines fois, lorsque la pluie et le soleil se mêlaient, apparaissait une sorte d'arc en couleur dans le ciel. Et les Mahalis, émerveillés et intrigués, s'interrogeaient : pourquoi ces couleurs ? Pourquoi apparaissaient-elles ? Pourquoi l'arc s'effaçait-il brusquement en ne laissant subsister qu'un lambeau, jamais le même ? Parmi les questions que Kaloum se posait, celle-ci aussi restait sans réponse.

Une fois qu'il se fut ressaisi, Kaloum déclara :

— Nous devons partir d'ici.

— Partir ? Où irions-nous ? questionna Abrac.

— À l'opposé des terres stériles, car si cette sécheresse se prolonge, nous n'aurons bientôt plus rien à manger.

— Ce sera partout pareil !

— Nous n'en savons rien. Mais je constate comme vous que partout la terre se craquelle, partout les plantes et les animaux agonisent, partout la savane est dénudée. Il n'a pas plu depuis les deux derniers hivers. Tout meurt.

— Et pourquoi crois-tu que ce sera différent ailleurs ? C'est peut-être le monde qui nous entoure qui se meurt ! Je ne partirai pas !

— Personne ne t'y oblige. Si tu veux mourir, reste !

— Nous mourrons si nous te suivons ! Voyager usera nos dernières forces, celles des plus faibles en premier.

L'Impétueux jeta un regard circulaire et demanda :

— Que ceux qui sont d'accord me rejoignent !

Il se produisit un flottement, mais aucun des hommes ne broncha.

Abrac poussa un cri de rage.

— Lâches ! Vous êtes tous des lâches !

Il pointa son index sur Kaloum.

— Ne vois-tu pas que tu es devenu vieux ? Que tu dois céder la place ?

— Si je devais la céder, ce ne serait pas à un homme tel que toi. Et si tu veux te mesurer à ma vieillesse, je suis prêt !

L'Impétueux afficha une moue dédaigneuse.

— Pour qu'on m'accuse de t'avoir ôté ce qu'il te reste de temps à vivre ?

Kaloum avança d'un pas.

— Frappe !

Sahar intervint, affolé :

— Calmez-vous ! Calmez-vous ! Même les loups ne se mangent pas entre eux !

Il ajouta :

— Écoutez-moi attentivement. Il y a longtemps, le père de mon père m'a parlé d'une étendue liquide plus vaste que les plus larges fleuves dont les fonds sont peuplés de lunes couleur de lait. Le temps y serait clément et on y trouverait des animaux hauts comme les arbres mais dociles et qui se laissent chevaucher. Si, comme le propose Kaloum, nous décidons de partir d'ici, c'est vers ce lieu que nous devrions aller.

Abrac ricana.

— Parce que tu sais où le trouver, ce lieu, si toutefois il existe ?

L'Ancien secoua la tête.

— Selon ce que j'ai retenu, il semblerait qu'il se situe là où apparaît le pivot du ciel. L'étoile la plus brillante, celle qui est toujours immobile.

Une voix s'exclama :

— À combien de jours de marche ? Combien de milliers de lunes et de soleils naîtront et mourront avant que nous arrivions à destination ?

— Je ne sais pas, répliqua Sahar. Mais comme le dit Kaloum, en restant immobiles, nous disparaîtrons.

Il ajouta, d'une voix faible :

— En ce qui me concerne, ma décision est prise. Je n'ai plus la force de marcher. Mes pieds sont comme des feuilles mortes et mes jambes ne me portent plus. Vous partirez sans moi.

— Pas question ! protesta Kaloum.

— Il le faut pourtant ! C'est la loi. Depuis que nous existons, c'est ainsi. Les plus faibles doivent disparaître pour que les plus forts survivent.

— On ne peut l'abandonner, gémit une ancienne. Il ne survivra pas deux jours. Les bêtes féroces le dépèceront. S'il reste, je reste aussi. Après tout, je suis aussi vieille que lui.

L'ancienne n'avait pas de nom. Ou nul ne s'en souvenait. Alors on l'appelait simplement l'Ancienne.

Tous les regards se tournèrent vers Kaloum afin de lui faire comprendre que la décision lui appartenait.

Les plus faibles doivent disparaître pour que les plus forts survivent.

Il scruta les membres du clan.

Sahar mis à part, il ne restait plus que dix hommes sur les seize qui avaient survécu à l'attaque des Kassoungas, parmi lesquels Rageb, Jandar et Abrac. On dénombrait aussi cinq femmes et six enfants, Gam et Samali inclus. Au fil des étoiles, des vies avaient disparu, emportées par les bêtes sauvages ou la maladie.

Les plus faibles doivent disparaître pour que les plus forts survivent.

Après un long moment, Kaloum se pencha vers Sahar et dit d'une voix neutre :

— Si tel est ton désir, nous acceptons. Nous te laisserons de la nourriture et de quoi allumer du feu.

— C'est bien. De toute façon, j'ai trop vécu. J'ai trop vu. Mes yeux sont las. Je n'ai plus envie de continuer. Le monde qui nous entoure est trop rude. Et je ne l'ai jamais compris. Cette terre immense dominée par des fauves et nous, les hommes, jetés au milieu d'eux avec pour seules armes nos malheureuses massues, des silex, rien. J'ai de la peine à vous le dire, mais aucun humain ne survivra. Tous disparaîtront.

Il conclut en soupirant :

— Je reste.

L'Ancienne se récria :

— Moi aussi !

Sans attendre, elle s'assit à côté de Sahar.

— Comme tu voudras, s'inclina Kaloum.

Se tournant vers les autres membres du clan, il ordonna :

— En route !

Le clan s'ébranla, les hommes en tête. Les mères saisirent leurs enfants par la main ; d'autres prirent leurs nouveau-nés dans leurs bras, et ils emboîtèrent le pas à Kaloum.

Abrac hésita, puis, visage fermé, il s'exécuta.

*

Sahar étant en chemin pour le Pays-qui-n'a-pas-de-nom, on nomma le plus ancien parmi les anciens Mahalis. Il s'appelait Mawouko. Il n'avait plus de femme, plus d'enfants, ni de petits-enfants parce que lui aussi vivait depuis très longtemps. S'il ne possédait pas la sagesse de Sahar, il était doué d'un instinct peu commun qui lui permettait de prendre sur-le-champ la bonne décision.

Combien de jours et de nuits marchèrent-ils ? À en juger par le paysage qui se métamorphosait, sûrement longtemps. Par moments, c'était la steppe herbeuse, puis la forêt dense et sèche dégradée en savane arborée peuplée de baobabs où, sous l'effet de la lumière, le sable ressemblait à de la poudre d'or.

Tantôt ils découvraient des passages qu'aucune autre espèce d'hommes n'aurait soupçonnés ; tantôt ils jetaient un tronc d'arbre en travers d'un ravin pour aller d'une rive à l'autre, tantôt ils gravissaient des collines. Parfois ils semblaient pleins d'incertitude, parfois ils avançaient avec assurance.

Au fil de ce voyage qui menait vers l'inconnu, il leur arriva de croiser des êtres qui leur ressemblaient. Ils avaient les mêmes yeux expressifs que les Mahalis ; leurs mains avaient cinq doigts avec des ongles et un pouce qui s'écartait, comme celles des Mahalis ; néanmoins, ils étaient plus velus. Ils prenaient des fruits, les épluchaient, mordaient dedans. Par moments, ils se tenaient assis, le buste bien droit, pour manger et observer le monde. Les femelles portaient leur petit dans les bras en lui donnant la tétée au sein, comme les femmes des hommes. Mais parfois ils grimaçaient, se frappaient le thorax avec les poings en poussant de petits cris, comme s'ils cherchaient à dire des choses. Tandis qu'il leur arrivait de se tenir debout, la plupart du temps, ils marchaient à quatre pattes. Ils ne savaient ni tailler le silex, ni tisser des filets, ni s'armer de sagaies ou de massues et encore moins allumer du feu.

Non, ce n'était pas de vrais hommes.

Les Mahalis avaient noté que ce qui les différenciait aussi des autres bipèdes, c'était la taille de leur crâne. Celle des Mahalis s'avérait plus importante. Il semblait que, dès la naissance, toutes les connaissances de leurs ancêtres étaient entreposées dans leur cerveau, eux qui devinaient ce qui était nécessaire à leur survie. Enfants, il suffisait de leur rappeler ce qu'ils connaissaient déjà. Adultes, ils savaient comment invoquer leurs souvenirs, et une fois qu'ils avaient compris, ils transmettaient leur connaissance à leur progéniture. À mesure qu'ils progressaient vers le nord, ils trouvaient plus de vivres et découvraient de nouveaux fruits et de nouvelles racines comestibles. Le soir venu, lorsque le feu resplendissait, ils aimaient s'asseoir, serrés les uns contre les autres, comme pour se renforcer. Ensuite, dès l'aube apparue, ils repartaient, et le grand sablier du temps continuait de dévider ses grains.

— Tu as vu, mon fils, comment j'ai fait ? Maintenant c'est à ton tour.

Gam prit l'obsidienne[1] que Kaloum lui tendait et protesta :

— Mais Ba (il surnommait son père ainsi, comme il surnommait sa mère Ma), je ne suis encore qu'un enfant. Tailler la pierre exige beaucoup de force !

— Non, tu n'es plus un enfant, mais un homme. Tu as déjà des muscles saillants et tu sais manier la sagaie avec la précision d'un vieux guerrier. Allons, essaye !

---

1. Pierre volcanique.

Kaloum n'avait pas tort, Gam était bien plus grand et plus robuste que la plupart des enfants du clan. Mais, paradoxalement, il semblait fragile, timide, peu sûr de lui.

— Et rappelle-toi ce que je t'ai dit. Avant toute chose, tu dois choisir avec soin la pierre que tu tailleras, celle que je viens de te donner. Tu la prépareras avec l'abraseur, ainsi que je l'ai déjà fait, et la poseras sur le sol. Assure-toi qu'elle est bien dure, pas friable. Ensuite, tu prendras celle qui te servira à cogner, un galet par exemple, et tu viseras avec soin le point sur lequel tu porteras tes coups. Si tu t'y prends bien, tu obtiendras des éclats qui, une fois travaillés, te serviront à fabriquer ce dont tu as besoin : un racloir pour les peaux, des pointes pour creuser ou graver. Plus tard, je t'apprendrai à utiliser de la résine de bouleau pour emmancher certains outils. Vas-y !

Hésitant, Gam saisit le « cogne-pierre » et frappa l'obsidienne. Il parvint juste à en détacher de minuscules éclats.

— Tu vois, dit-il, l'air désespéré. Je n'ai pas ta force…

— Il ne s'agit aucunement de force, mon fils, mais de précision. Recommence, et vise plutôt le côté.

Gam recommença, sans conviction et avec le même résultat.

— Encore ! insista Kaloum.

La boule du soleil était maintenant incandescente, l'enfant transpirait à grosses gouttes. Kaloum persistait.

Les larmes aux yeux, Gam s'évertuait à cogner l'obsidienne, en vain.

— Ba, je n'y arrive pas, se lamenta-t-il. Je…

— Et pourquoi pleures-tu ? Un homme ne pleure pas ! Tu dois apprendre à grandir, mon fils. Recommence !

— Arrête !

La voix de Larama le fit sursauter.

— Qu'y a-t-il ?

— Tu ne vois pas qu'il est épuisé ? Tu veux donc le tuer ?

— Le tuer ? Parce que je tiens à ce qu'il apprenne à survivre ?

— Il a tout le temps d'apprendre, Kaloum.

Kaloum fit un pas en avant.

— Le temps ? Qu'est-ce que le temps ? Sais-tu où il se trouve ?

Il passa la paume sur son visage.

— C'est là qu'il réside, dans chacune de nos rides. Et chaque fois que se creuse l'une d'entre elles, elle nous rapproche du Pays-qui-n'a-pas-de-nom. Regarde-moi, Larama. Bientôt ma peau ressemblera à ces filets que tu tresses si bien. Mais je ne peux attendre ce jour pour que mon enfant devienne homme.

— Rassure-toi. Tu es encore fort comme un aurochs et tu le resteras encore longtemps.

Elle l'enveloppa de ses bras et le serra contre elle comme si c'était Gam qu'elle enlaçait.

5

Les Khazams

Ils venaient de dresser leur campement dans le crépuscule et s'apprêtaient à s'asseoir autour du feu, lorsque des êtres surgirent en poussant des hurlements. Celui qui les menait avait un air redoutable. De taille moyenne, très trapu, et plus robuste que la plupart des Mahalis, il se différenciait aussi par la forme globulaire de son crâne légèrement étiré vers l'arrière et son menton saillant.

Voilà longtemps que les Mahalis avaient compris qu'ils n'étaient pas seuls au monde, qu'il existait au-delà de leurs territoires des peuplades différentes de la leur, attardées ou évoluées, prêtes à fondre sur eux pour les anéantir, ou capables d'enrichir leurs connaissances. Aussi, bien que l'apparition de ces êtres ne les surprît pas, ils prirent leurs armes, prêts au combat.

Bientôt, les deux groupes ne furent plus séparés que de quelques pas.

Kaloum compta leurs adversaires. Ils étaient dix ; les Mahalis, sept. Combien d'entre eux survivraient en cas d'affrontement ? Kaloum s'avança vers le chef et le défia du regard. L'autre en fit autant. Leur expression n'avait plus rien d'humain.

— Khazams ! hurla l'inconnu en brandissant sa massue d'une main et en se frappant le thorax de l'autre.

Kaloum se dit qu'ainsi il ressemblait à un grand quadrupède. Pourtant, c'était un humain.

— Khazams ? répéta Kaloum. Je ne comprends pas ta langue.

L'autre montra ceux qui l'accompagnaient et répéta :

— Nous, Khazams !

— C'est sans doute le nom de leur clan, murmura Jandar.

L'homme pointa du doigt le feu qui scintillait et articula des mots toujours aussi incompréhensibles.

— Que veux-tu ? demanda Kaloum.

En guise de réponse, le chef bondit vers les flammes et se pencha pour saisir un tison. À peine eut-il tendu la main qu'il poussa un hurlement de douleur, déclenchant le rire des Mahalis.

— Le feu, c'est le feu que tu veux ? questionna Abrac.

En léchant sa main, le chef répondit :

— Hô est venu à travers la forêt parce que sa tribu est sans feu. Si tu le laisses prendre quelques tisons, nous vous laisserons la vie sauve !

Les Mahalis ne comprenaient pas mieux ces paroles qu'ils n'eussent saisi le hurlement des loups. En revanche, ils en avaient deviné le sens. Ils se regroupèrent autour de Kaloum pour se concerter.

— Ce sont des animaux, commenta Abrac avec une moue méprisante. Tuons-les, qu'on en finisse !

— Il n'en est pas question, rétorqua Kaloum. Nous gagnerons peut-être, mais nous ne sommes plus que sept. Chaque vie est précieuse.

— Abrac a raison, tuons-les ! s'exclama une voix.

Cette voix était celle de Gam. Poings serrés, l'adolescent s'était métamorphosé au fil des lunes et ressemblait déjà à un guerrier.

— Silence, mon fils ! gronda Kaloum.

Il fit une pause avant d'annoncer :

— Nous allons leur donner ce qu'ils veulent.

— Quoi ? se récria Abrac. Et tu vas aussi nous demander de leur apprendre le secret du feu ?

— Pourquoi pas ?

— En échange de quoi ? questionna Jandar. Toi, mieux que personne, sais ce qu'il a coûté.

Il répéta :

— En échange de quoi ?

Kaloum désigna l'un des Khazams.

— De la corne blanche.

Sitôt ces mots prononcés, un murmure admiratif s'éleva parmi le clan. Aucun n'ignorait combien était précieuse cette denrée qui provenait d'un animal aussi convoité que difficile à capturer : le mammouth. Voilà bien longtemps que les Mahalis n'avaient mangé la viande du gigantesque animal, la moelle de ses os non plus. Ils possédaient encore moins l'ivoire qui permettait de fabriquer des harpons.

Kaloum fit signe au dénommé Hô de le suivre. D'abord ce dernier refusa, puis devant l'insistance du Mahali et sans doute intrigué, il céda.

— Ça !

Joignant le geste à la parole, Kaloum montra tour à tour les flammes qui rougeoyaient et la défense de mammouth qu'un Khazam portait en bandoulière. Ensuite, à force de mimiques et de gestes, il fit comprendre qu'en échange il lui apprendrait comment domestiquer le feu.

Hô demeura silencieux. Sans doute une bataille se livrait-elle dans sa tête, tandis que ses compagnons poussaient des grognements qui trahissaient leur opposition. Avaient-ils seulement compris l'immense trésor que leur offrait le Mahali ? Probablement pas puisque, soudainement, le chef leva les bras au ciel et se mit à vociférer. Se ruant sur Kaloum, il tenta d'abattre sa massue sur son crâne.

In extremis, ce dernier se jeta sur le côté et se releva aussitôt. L'autre osa un nouvel assaut, mais Kaloum esquiva derechef. Le duel se prolongea longtemps, féroce. Il semblait que les deux hommes étaient de force égale et qu'aucun ne l'emporterait. C'était compter sans l'expérience de Kaloum qui, tout à coup, laissa choir sa massue et extirpa de sa ceinture un silex biface, aux arêtes terriblement aiguisées. Lorsque le Fils du Léopard entama sa nouvelle attaque, au lieu de rester immobile pour l'affronter, Kaloum fit un bond en arrière, se décala sur la droite et planta le silex dans la cuisse de son adversaire. L'autre poussa un hurlement de douleur. Contre toute attente, sa réaction fut celle d'un quadrupède sans cervelle puisqu'il lâcha la massue pour refermer ses deux mains sur la blessure. Alors Kaloum n'hésita pas : il visa cette fois l'aine du Khazam et y plongea son arme. Hô recula d'un pas, stupéfait, scrutant le sang qui giclait et rougissait la terre. Après avoir trébuché sur une branche morte, il s'écroula.

Les autres Khazams s'élancèrent à leur tour. L'un d'entre eux envoya sa sagaie en direction de Jandar. L'arme effleura le cou du Mahali et se ficha dans la terre. Préférant ménager ses propres armes, le visé ramassa le trait et le projeta à son tour. Avec un sifflement, la sagaie décrivit une courbe avant de transpercer la gorge de son agresseur.

Abandonnant la dépouille agonisante de Hô, Kaloum repartit au combat. Une sagaie lancée par l'un des Khazams se planta dans son épaule gauche. Le croyant mortellement atteint, l'homme se précipita pour l'achever, mais il fut intercepté par Abrac qui brisa son élan. De nouveau, les nœuds de chêne se rencontrèrent.

Bientôt, il ne resta plus qu'un ultime adversaire pour que la victoire des Mahalis fût totale : un guerrier, haut comme un arbre, les prunelles jaunâtres, la mâchoire énorme.

— Je m'en occupe ! cria Rageb.

— Non ! Moi !

À leur grande surprise, le fils de Kaloum venait d'intervenir.

— Non !

Faisant fi des protestations de son père, Gam marcha vers son adversaire.

Kaloum chercha à l'arrêter mais, contre toute attente, Larama s'interposa.

— Non !

— Quoi ?

— Tu voulais un homme. Laisse-le te prouver qu'il en est un !

Il se récria :

— C'est toi ? Toi, sa mère, qui dis cela ?

Malgré son épaule déchirée et sanguinolente, il fit mine de courir de nouveau vers Gam, mais Larama s'agrippa littéralement à sa taille.

— Donne-lui sa chance, Kaloum !

— Quelle chance ? Celle de mourir ?

— Jamais !

— Pourquoi jamais ?

— Parce qu'il est ton fils !

Maintenant, Gam faisait face au guerrier. Armé d'une sagaie, il scrutait son adversaire avec une dureté que Kaloum ne lui avait jamais connue. Son regard reflétait la couleur des nuages à l'orée de l'orage. Le vent s'était d'ailleurs mis à souffler, soulevant du sol des milliers de feuilles mortes qui voletèrent dans le ciel. Tout alla très vite. Le guerrier Khazam se rua en avant, tenant sa massue des deux mains. Au lieu de reculer, Gam resta immobile. Bien droit, campé sur ses pieds, la sagaie le long du corps, la pointe tournée vers le sol. Lorsqu'il ne fut plus qu'à un pas de l'adolescent, le Khazam pivota légèrement sur le côté pour le frapper à revers. C'est l'instant que choisit Gam. Comme le géant le dépassait de deux toises, il souleva sa sagaie et la ficha dans le ventre de l'homme. Sans hésiter, il récupéra son trait et l'enfonça une seconde fois dans la chair du blessé. Le Khazam, tel un arbre qui s'arrache à ses racines, chuta de tout son long, la tête en avant.

Il n'y eut pas de cri de victoire. Seulement un silence stupéfait.

Les premiers mots qui vinrent à l'esprit de Kaloum furent ceux de l'Ancien : « Les plus faibles doivent disparaître pour que les plus forts survivent. » Jamais ils n'avaient eu autant de sens qu'en cet instant.

Il alla vers son fils, et, avec une tendresse infinie, le serra contre lui.

— J'aimerais te dire combien je suis fier de toi.

Et le serra plus fort encore.

À ce moment seulement, une clameur retentit et tout le clan se regroupa autour du père et du fils en frappant le sol du pied et en levant le poing vers le ciel.

— Ba, ai-je droit désormais à un surnom ? questionna Gam.

— Un surnom ?

— Tous les guerriers ont un surnom, même les femmes. Pas moi. Alors…

Kaloum médita brièvement avant de déclarer :

— Bien avant que tu ne naisses au monde existait un homme. Un grand guerrier. Nous lui devons d'avoir appris comment conserver le feu. Cet homme s'appelait Dakal, mais nous l'avions surnommé le

Fils de l'Aurochs, tant il était fort et puissant. Je pense que personne n'est plus digne que toi de mériter son surnom : Fils de l'Aurochs. Te convient-il ?

Gam approuva de la tête.

— Oui, Ba, et je te promets de lui faire honneur.

Une nouvelle clameur s'éleva. L'on entendit répéter le Fils de l'Aurochs, maintes et maintes fois, et toute la plaine le reprit, et les arbres et la terre.

Mais le moment de joie passé, on se rendit compte que la blessure de Kaloum était bien plus profonde qu'on ne l'avait cru. Son épaule était littéralement déchiquetée et l'on pouvait entrevoir l'os. Il avait aussi perdu beaucoup de sang. Larama nettoya la plaie en y versant de l'eau et la couvrit d'un emplâtre. Dérisoire, songea-t-elle. Mais que faire d'autre ?

— Si je pouvais, murmura Larama, je prendrais ta douleur et la creuserai dans mon épaule.

— Va-t-il mourir ? s'enquit une toute jeune femme à l'aspect frêle.

On l'avait surnommée l'Errante car, un an auparavant, on l'avait vue arriver et personne n'avait jamais su d'où elle venait ni où elle allait. Lorsqu'on l'avait interrogée, elle s'était exprimée dans une langue inconnue. Ce n'est que plus tard, lorsqu'elle avait assimilé quelques mots des Mahalis, que l'on avait saisi son histoire. Elle avait été chassée de son clan parce qu'elle était stérile et chétive. Pourtant, bien qu'elle eût une apparence fragile, il se dégageait de son être une certaine force. De plus, elle était de toute évidence très rusée.

À un moment donné, comme elle sentait que les Mahalis hésitaient à l'accueillir, elle avait extirpé de la ceinture en chanvre qui enserrait sa taille un curieux objet. Un objet qu'aucun d'entre eux n'avait jamais vu, constitué d'une poche en peau prolongée à chaque extrémité par deux lanières de longueurs inégales, faites de chanvre elles aussi.

Sous le regard perplexe des Mahalis, elle avait ramassé un caillou. Après l'avoir placé dans la poche, elle avait rassemblé les deux extrémités de la lanière, les avait fait tournoyer de plus en plus vite avant de les lâcher. Le caillou avait fendu l'air et frappé à la cuisse l'un des hommes qui, aussitôt, avait poussé un cri de fureur.

— Avec une pierre plus grosse, avait remarqué l'Errante en souriant, j'aurais pu te faire bien plus mal. Je peux tuer un loup.

Ce fut grâce à cette nouvelle arme qu'en dépit des protestations de certains, les Mahalis l'avaient adoptée.

Elle posa de nouveau la question à Larama :

— Va-t-il mourir ?

— Non.

Elle poursuivit en caressant le front de Kaloum :

— Il ne mourra pas parce que je l'aime.

— L'amour ne suffit pas à guérir, fit observer l'Errante. Dans la tribu d'où je viens, un guérisseur avait réussi à sauver un blessé qui avait une plaie aussi béante que celle de ton homme.

— Comment ?

— Par le feu.

Larama retint un cri.

— Le feu ?

— Il avait posé un tison sur la blessure et brûlé les chairs malades.

— C'est cruel !

— Oui, mais le blessé a survécu. Soigner le mal par le mal est parfois le meilleur remède.

L'Errante se reprit très vite :

— Je ne peux pas t'assurer que ce sera le cas pour Kaloum. Aucun être ne réagit pareillement devant la maladie.

— Tu n'as pas besoin. Je refuse d'ajouter à sa souffrance une souffrance plus grande encore !

Elle se pencha vers Kaloum et le prit à témoin.

— Tu es d'accord n'est-ce pas ?

Kaloum n'eut aucune réaction. Son regard était tourné vers le feu où étincelait son destin.

6

Le Peuple des Falaises

Les nuits suivaient les jours et Kaloum déclinait. Les ténèbres se posaient sur sa vie et l'entraînaient vers le Néant. Alors, Larama repensa aux propos de l'Errante. Sa décision était prise. Elle en référa à Gam et à Samali.

— Le brûler ? s'affola la jeune fille. Mais c'est horrible !

— Je sais, concéda Larama. Que faire ? Le laisser mourir sans rien tenter ?

Gam, désormais presque aussi grand que son père, serra les poings.

— Tu as raison, Ma. L'agonie est bien plus brûlante que tous les feux. Nous devons essayer !

D'un pas décidé, il traversa le camp et trouva l'Errante assise sous un auvent, affairée à travailler une peau débarrassée de ses graisses.

— Est-ce vrai, ce que tu as raconté à Ma ? On peut guérir une plaie par le feu ?

L'Errante répliqua par un haussement d'épaules.

— J'ai dit ce que j'ai vu. J'ai dit aussi que ce n'était pas une certitude. En tout cas, ce n'est pas moi qui ferai le geste.

— Tu le dois pourtant !

— Non, Gam. Je ne peux pas. Si Kaloum devait mourir, tu me haïrais et je vivrais dans la torture jusqu'à ma dernière heure. Non ! C'est ton père. Tu décides.

— Alors, dis-moi comment.

En quelques mots, l'Errante lui rapporta ce qu'elle avait vu lorsqu'elle vivait dans son clan et conclut :

— Sache que le résultat est aussi improbable que prévoir la pluie ou le soleil. Je…

Sans attendre la suite, le jeune homme récupéra sa sagaie et se dirigea vers le feu qui crépitait au centre du camp. Il posa sur les flammes la pointe taillée dans un os effilé et patienta. Étrangement, l'os vira du rouge-marron au marron foncé, puis du gris au turquoise.

— C'est bon, dit l'Errante.

— Tu es sûre ?

— Oui, c'est cette même couleur que j'ai vue la dernière fois.

Gam héla Jandar et Rageb et leur demanda de le suivre.

— Ba, dit-il en s'agenouillant près de son père, je vais te faire mal. Mais c'est peut-être un mal qui te redonnera la vie. Tu me pardonnes ?

Kaloum battit des paupières.

— Tu es mon fils. Peu importe le mal puisqu'il viendra de toi. Fais ce que tu dois faire.

Gam ordonna à ses deux amis de maintenir fermement les deux bras de Kaloum et, après avoir pris une profonde inspiration, il appliqua la pointe de la sagaie à plat sur l'épaule de son père jusqu'au moment où montra l'odeur âcre des chairs brûlées. Tout le corps de Kaloum s'était tendu comme un arc, mais pas un cri n'avait fusé d'entre ses lèvres.

Larama détourna le visage et prit Samali dans ses bras.

Gam demanda à l'Errante :

— Dois-je recommencer ?

La femme fit non de la tête.

— Il faut attendre.

— Combien de temps ?

— Je ne sais. Le temps que meure le mal. À présent il faut panser la blessure.

— Avec quoi ? questionna Larama. J'ai déjà usé d'un emplâtre.

— Non, cela ne suffit pas. Attendez-moi, je reviens.

Elle s'éternisa au point que l'on crut qu'elle avait fui ou été dévorée par un carnassier. Lorsque, enfin, elle ressurgit, elle tenait dans ses mains des feuilles velues, parsemées de petites fleurs blanches et comme recouvertes d'un liquide poisseux.

— Qu'est-ce que c'est ? s'inquiéta Gam.

— Des feuilles guérisseuses que j'ai enduites du sang qui coule de l'arbre-aux-fruits-en-forme-de-cône.

Elle se pencha sur Kaloum et, avec précaution, elle les disposa sur la plaie.

— Je ne peux rien faire de plus.

Tous se retirèrent, sauf Larama et ses deux enfants.

Samali, les yeux embués de larmes, déposa un baiser sur le front de son père.

— Tu vas guérir, Ba. Tout ira bien. Et les Mahalis retrouveront leur chef.

Kaloum esquissa un vague sourire.

— Ne suis-je pas de ceux qu'on ne remplace pas ?

En disant ces mots, il ne soupçonnait pas qu'en ce moment même Abrac tenait un discours bien différent.

*

— Kaloum n'est plus Kaloum ! Il n'est plus qu'un vieil arbre desséché. Le temps où l'eau de la vie coulait dans son corps est fini. Nous devons nous choisir un autre chef.

Un ricanement s'éleva.

— Et bien sûr, ce nouveau chef, ce serait toi, jeune Abrac.

L'Impétueux fixa Rageb d'un œil rogue.

— Ne serais-tu pas d'accord ?

Il prit les autres hommes du clan à témoin :

— Et vous ?

Des grognements confus lui répondirent. Certains semblaient approuver, d'autres secouaient la tête pour indiquer leur opposition.

Jandar s'avança.

— Un chef doit mériter de l'être. Voilà longtemps que Kaloum a conquis ce privilège. Est-ce ton cas ?

Abrac se frappa la poitrine à la manière d'un grand singe.

— J'ai tué plus d'aurochs que vous tous, des lions, des taureaux sauvages ! Mes mains sont encore rouges de leur sang et de leur moelle ! Et je suis prêt à défier au combat n'importe lequel d'entre vous.

Il brandit sa massue vers le ciel.

— Ce n'est pas l'Impétueux qu'on aurait dû te surnommer, Abrac, mais la Hyène ! Tu pues comme elle, tu manges des charognes et tu es aussi agressif qu'elle !

Abrac s'esclaffa.

Jandar pointa son index sur lui.

— Voilà ! Et tu as le même rire atroce qu'elle.

— Tu oublies de dire aussi que je suis capable de broyer les os de mes proies avec mes dents et de les avaler. Veux-tu vérifier ?

— Ça suffit !

Tous les regards se tournèrent vers celui qui venait de crier l'ordre et ils reconnurent Gam.

— Ça suffit, répéta-t-il, la voix tremblante de colère.

Quand il ne fut plus qu'à un pas, il plongea les yeux dans les prunelles de l'Impétueux.

— Jandar a tort. Tu n'es pas une hyène, mais un scorpion. De ta bouche sort la bave qui tue. Ce vieil arbre, dont tu parles, c'est mon père, et lorsqu'il se redressera, je te conseille vivement d'aller te cacher dans ton nid, car il s'abattra sur toi et il ne restera que ta carcasse en poussière !

Il ajouta en serrant le cou d'Abrac :

— Un mot, un mot de plus sur Kaloum, et je te tue.

Un épais silence tomba sur le clan.

Larama et Samali, qui n'avaient rien perdu de la scène, sentirent la fierté enfler dans leur poitrine.

*

Il y eut encore plusieurs feux de lune, d'étoiles et de soleil. Jusqu'au jour où Kaloum s'éveilla du voyage qui l'avait mené aux frontières du Pays-qui-n'a-pas-de-nom. Il ne souffrait plus et les chairs de sa plaie s'étaient réunies en un bourgeonnement rosâtre.

Larama lui caressa le front tendrement.

— Tu as vaincu le mal.

Kaloum exhala un soupir.

— J'ai entendu les propos que l'Impétueux a prononcés il y a quelques lunes. Il a peut-être raison. Je ne suis plus qu'un vieil arbre.

— Tais-toi ! Tu parles avec des mots creux, objecta Larama.

Pourtant, c'était vrai que depuis quelque temps, Kaloum se sentait assiégé par l'âge. Déjà avant d'être blessé par le Khazam, il avait perdu de sa souplesse et était devenu moins précis lors de la chasse. Combien vieux était-il ? Que signifiait la vieillesse, sinon le passage de la saison des arbres nus aux arbres verts ? De nouveau rejaillirent les habituels questionnements. Pourquoi les humains vivaient-ils ? Qui étaient-ils ? Pourquoi étaient-ils ? Étaient-ils nombreux, ou juste une poignée, égarés dans un immense univers ? Brusquement, comme pour vaincre un sentiment qui ressemblait à la peur de la mort, il attira Larama contre lui, la renversa violemment sur le dos et la pénétra avec une sorte de désespoir, à moins que ce fût tout simplement de la terreur : celle de ne plus jamais la revoir, de ne plus voir Gam ou Samali un jour.

*

La saison chaude continuait d'être de plus en plus longue et la saison froide durait à peine une lune complète. L'herbe, les forêts se faisaient rares ; la savane se dégradait.

Monter vers le nord, pensa Kaloum. Encore.

— Tu as vu le ventre de l'Errante ? questionna soudain Larama. Il a commencé à grossir.

— Pourtant sa tribu la disait stérile. Es-tu sûre ?

— Absolument. Une femme voit des choses que les hommes ne voient pas. Elle porte la vie.

— Sais-tu qui est le père ?

Elle fit non de la tête.

— Peu importe. C'est une bonne nouvelle. Nous avons besoin d'accroître le clan. Ne restent que six mâles. Et il y a quelques jours, nous avons encore perdu un nouveau-né. C'est triste.

— Oui. Sa mère a eu du mal à abandonner le petit corps inanimé. Elle est restée silencieuse pendant des journées, revenant régulièrement vers son enfant dans l'espoir d'entrevoir un signe de vie. Lorsque nous avons dû nous déplacer, elle a tenu à emporter la dépouille et l'a gardée dans ses bras toute la nuit.

Un silence s'éternisa avant que Kaloum ne reprenne, comme s'il réfléchissait à voix haute :

— Je ne comprends pas la mort. Quel est ce fauve invisible qui prend nos vies ? Où se cache-t-il ? Nous sommes capables de sentir la présence des animaux, nous percevons les sons les plus étouffés, et, cependant, la mort nous échappe. Si seulement elle pouvait se montrer avant d'enlever ceux que nous aimons, alors je suis sûr que nous pourrions la vaincre aussi facilement que nous tuons les bêtes sauvages.

— On ne tue pas la mort, Kaloum, rétorqua Larama. Pense plutôt à la vie. Pense à nos enfants. C'est en eux que tout se fonde et se renouvelle.

Elle désigna Gam.

— Regarde comme il est beau et fort.

— Et astucieux, surenchérit Kaloum.

Kaloum disait vrai.

Deux mois plus tôt, le clan avait dressé le campement près d'une rivière. Malheureusement, son eau profonde et tumultueuse empêchait les Mahalis d'y pénétrer pour pêcher. Ils rongeaient leur frustration lorsqu'un matin Gam leur avait annoncé :

— Écoutez-moi, je sais comment attraper du poisson sans avoir à entrer dans l'eau !

Comme tous le dévisageaient avec perplexité, il prit une longue corde tissée avec des boyaux et la noua autour d'un petit os en forme de crochet. À son extrémité, il suspendit un ver de terre.

Des rires moqueurs avaient fusé et Rageb, toujours d'humeur critique, s'était empressé d'ironiser :

— Tu comptes donner à manger aux poissons ?

Gam s'était contenté de répliquer :

— Suivez-moi.

Kaloum, Jandar et deux hommes avaient obéi. Rageb et les autres n'avaient pas jugé utile de leur emboîter le pas.

Arrivé au bord de la rivière, le jeune homme avait observé l'onde pendant quelques instants, puis y avait plongé le crochet et s'était mis à attendre.

— Que fais-tu ? avait questionné son père.

— Chut ! Il ne faut pas faire de bruit, sinon les poissons prendront peur.

Au bout d'un moment, comme rien ne se passait, Jandar avait grommelé :

— J'ai trop chaud, je retourne au camp…

Au moment où il allait partir, Gam avait poussé un cri.

— Regardez !

Un poisson argenté, le crochet enfoncé dans sa bouche, frétillait dans tous les sens au bout de la corde que le garçon ramenait vers lui.

Kaloum, Jandar et même Mawouko, l'Ancien, s'étaient dévisagés, stupéfaits.

— C'est incroyable ! s'était exclamé Rageb. Comment as-tu eu cette idée ?

— Un matin, je me suis dit que les poissons comme les hommes devaient avoir envie de manger.

— C'est merveilleux, avait dit Kaloum, en bombant le torse de fierté. Félicitations, mon fils !

Il avait caressé machinalement un collier de coquillages qui pendait sur son thorax.

— Il m'a été donné par mon père, il y a bien des lunes. Bientôt, c'est toi qui le porteras.

— Et moi ? avait protesté Samali. N'y ai-je pas droit ?

— Non, avait rétorqué Gam, tu es une fille.

— Je ne serais donc bonne qu'à faire la cueillette et porter des bébés ?

— C'est déjà pas mal, avait commenté Jandar. Seuls nous, les hommes, avons la force physique de chasser. C'est ainsi. La pluie tombe du ciel, pas l'inverse. La lune n'éclaire pas le jour. C'est ainsi.

Samali avait secoué la tête, pas du tout convaincue.

Elle avait soudain changé de sujet et demandé, comme si l'interrogation venait de surgir dans son esprit :

— Ba, sais-tu pourquoi, à la différence des autres êtres, nous marchons sur deux jambes et pas quatre ?

— Cette question, je me la suis souvent posée.

— Tu es stupide ! s'était exclamé Gam. C'est comme si tu demandais pourquoi le soleil se lève toujours au même endroit, ou d'où vient le vent, ou encore…

— Ta sœur n'est pas stupide, avait objecté Mawouko. J'ai la réponse.

Il avait expliqué :

— Les vieux racontaient que, dans des temps lointains, une chaleur intense sévissait. Plus brûlante que le feu. C'est alors que nos parents qui marchaient à quatre pattes se sont redressés.

— Pourquoi ? s'était enquis Samali.

— Tout simplement parce que, debout, leur corps était beaucoup moins atteint par les rayons du soleil.

Samali avait fait une moue dubitative qui avait surpris Mawouko.

— Tu n'y crois pas ?

— Si, mais dans ce cas, pourquoi les autres quadrupèdes qui nous ressemblent ne se sont pas redressés eux aussi ?

L'Ancien avait plissé le front. Il avait éludé la question d'un revers de sa vieille main ridée et s'était tourné vers Gam.

— Je te félicite, mon petit. Tu as fait là une belle trouvaille.

— Allons ! avait dit Kaloum, mettant fin à la discussion, il est temps de lever le camp.

— Encore ? avait protesté une femme. Voilà des mois que nous ne cessons de voyager.

— Elle a raison, l'avait appuyée Anjar, qu'on nommait la Tortue tant il se mouvait avec lenteur. Où allons-nous ?

Kaloum avait répété les propos de Sahar :

— Vers une étendue liquide plus vaste que les plus larges fleuves dont les fonds sont peuplés de lunes couleur de lait, où le climat est bienveillant et où il y aurait plein de nourriture.

— C'est loin ?

— Je ne sais pas. Mais si ce n'est pas nous qui arriverons, ce sera vous, mes enfants, ou les enfants de vos enfants, ou les enfants des enfants de vos enfants.

⁂

Six lunes plus tard, sous une chaleur écrasante, au moment où la tribu entrait dans une étroite vallée creusée entre deux falaises, Jandar s'écria :

— Regardez !

Tous fixèrent le point qu'il montrait du doigt.

— Des traces d'aurochs, nota Rageb. Mais certaines ont été effacées par des pas d'hommes.

— C'est exact, confirma Anjar. Et elles sont toutes fraîches.

— Ce qui signifie qu'un autre clan est lancé sur leur piste.

— À mon avis, les aurochs ont un jour d'avance, dit Abrac. Ce sera difficile de les rejoindre.

— Peut-être pas. Les animaux ont besoin de s'arrêter pour paître. Ils ont dû faire halte.

— Si c'est le cas, dit Abrac, ceux qui les suivaient les ont déjà attrapés. Nous arriverons trop tard.

— Quand cesseras-tu d'être aussi sombre ? se récria Samali. À cause de la sécheresse, voilà deux jours que nous n'avons pratiquement rien mangé. Les enfants ont faim. Il faut essayer de…

Elle n'eut pas le temps de conclure. Un groupe d'hommes venait de surgir au pied des falaises. Très vite, comme pour rassurer les Mahalis, ils levèrent les bras vers le ciel. Quand ils ne furent plus qu'à quelques pas, l'un d'entre eux, petit mais robuste, déclara :

— Nous sommes les Harites, le Peuple des Falaises. Et vous ?

C'était curieux. Ils ne parlaient pas la langue des Mahalis, mais un dialecte suffisamment proche pour être compréhensible. Un détail ne manquait pas d'étonner et ce fut Gam qui, le premier, le nota : ils avaient les joues et le front couverts de traits rouges.

Or jamais à ce jour on n'avait vu une telle couleur, hormis celle que la nature offrait dans ses paysages.

— Nous sommes les Mahalis, répliqua Kaloum.

— Vous aussi vous poursuivez les aurochs ?

Et avant que Kaloum ne réponde, l'homme dit encore :

— Je m'appelle Dahib. Voilà des jours que nous les traquons. Ils sont devenus rares depuis que la terre s'est asséchée et nous manquons cruellement de nourriture.

— C'est aussi notre cas, reconnut Kaloum. Vous les avez localisés ?

Le Harite pointa du doigt un tertre.

— Là-bas, derrière le monticule, se trouve un étang, l'un des seuls à ne pas être tari. Les aurochs se sont arrêtés pour boire. Nous avons compté un vieux mâle, un jeune, et trois femelles. Difficile de les piéger. Dès qu'ils nous verront, ils disparaîtront ou le vieux et le jeune mâle fonceront sur nous.

Kaloum réfléchit quelques instants avant de suggérer :

— Si nous nous unissions, nous pourrions réussir.

Le Harite haussa les épaules.

— C'est possible.

— Conduis-moi à l'étang.

Ils prirent la direction du tertre et, tout en cheminant, Dahib s'enquit :

— Vous venez de loin ?

— Des terres fécondes. Mais qui ne le sont plus.

— Vous n'êtes pas très nombreux. Vous avez dû perdre de nombreuses vies.

— Oui. Mais les enfants sortis de nos femmes deviendront des hommes.

— Les nôtres aussi. Néanmoins, si la sécheresse se prolonge, je ne sais pas s'ils nous survivront.

— Vous n'avez qu'à faire comme nous, suggéra Kaloum, remonter plus haut, au nord.

— Crois-tu qu'il pleuve au nord ?

Kaloum secoua la tête.

— Ce n'est pas en restant sur place que nous le saurons.

— Nous sommes arrivés, annonça Dahib.

Ils se faufilèrent discrètement derrière des buissons et observèrent le décor. Les aurochs étaient bien là. Les femelles à la robe sombre et balayée de reflets rougeâtres broutaient tranquillement. À quelques pas, le mâle humait l'air de son museau blanchâtre. Le jeune se tenait près de lui.

— Ce sont de belles bêtes, constata Kaloum. Rien que le mâle nourrirait tout le monde pendant plusieurs jours.

— Certes.

Kaloum resta silencieux un moment avant de demander :

— Maîtrisez-vous le feu ?

— Bien sûr.

— Très bien. Retournons auprès des nôtres.

Dès qu'ils furent arrivés, Kaloum annonça :

— Je propose que vous, les Harites, allumiez des torches en entourant le bois de lichen. Ensuite, vous vous déploierez sur un arc de cercle devant l'étang, et vous mettrez le feu aux herbes et aux buissons. Entre-temps, nous irons nous cacher sur l'autre rive, prêts à les tuer avec nos sagaies lorsqu'ils se rabattront vers nous.

— C'est impossible ! protesta Abrac l'Impétueux. Personne ne peut tuer un aurochs en pleine course.

Kaloum lui décocha un regard méprisant et ne fit aucun commentaire.

— Nos femmes et nos enfants ont le ventre creux, rappela Dahib. Le soleil a tout dévoré. Peu importe si nous échouons. Il faut tenter. À présent, allumons le feu.

Sans attendre, il s'assit, et, à la grande surprise des Mahalis, il sortit de sa besace en peau une planchette de bois tendre et une tige en bois dur. Il commença par poser la planchette sur un tapis de feuilles et d'herbes sèches. Ensuite, il prit la tige en bois dur et glissa son extrémité dans une encoche creusée à même la planchette.

— Que fais-tu ? s'exclama Jandar.

— Tu le vois bien. J'allume le feu.

— Sans silex ?

— Le silex n'est pas indispensable.

Sous le regard interloqué des Mahalis, il fit rouler de plus en plus vite la tige de bois entre ses paumes. À mesure que son effort approchait du paroxysme, il haletait, et Gam qui observait la scène, crut que les yeux du Harite allaient lui jaillir des orbites. Tout à coup, un flocon de fumée déroula sa volute dans l'air et le tapis d'herbes s'enflamma.

Admiratifs, les Mahalis saluèrent la prouesse par de grands cris.

On ajouta des brindilles, des branches.

Aussitôt, un Harite empoigna un bâton dont il avait entouré l'extrémité de mousse et le posa sur les flammes. Ses compagnons l'imitèrent.

— Nous sommes prêts, annonça Dahib.

— Parfait, dit Kaloum. Laissez-nous le temps de prendre position de l'autre côté de l'étang.

Il fit signe aux guerriers de le suivre et, selon le plan prévu, après avoir opéré un grand détour afin de ne pas alerter les bêtes, ils se cachèrent dans les fourrés.

Au bout d'un moment, les Harites surgirent, torches à la main, en poussant des cris de fauve.

Les aurochs eurent un instant d'hésitation. Ils voyaient cet ennemi qui venait vers eux. Devaient-ils l'attaquer ou fuir ? Sans doute craignaient-ils plus le feu que les humains. Ils battirent en retraite et leur galop fit trembler la terre.

Aussitôt, les premiers traits lancés par les Mahalis s'abattirent sur eux. Des beuglements retentirent jusqu'aux falaises. Les femelles et le jeune mâle furent les premiers touchés. Fou de rage, le vieux mâle fonça sur les agresseurs, mais Kaloum, Rageb, Jandar, et Anjar, dit la Tortue, étaient prêts. Ils lancèrent de nouvelles sagaies vers la masse velue qui déboulait sur eux. Elles transpercèrent encore une fois les flancs de l'animal qui, foudroyé par la douleur, vacilla sur ses pattes, tenta d'avancer quand même, s'affaissa. Avant qu'il meure, son œil s'égara vers sa femelle qui agonisait dans son propre sang.

Ce fut la dernière chose qu'il vit dans le soleil couchant.

7

Les couleurs

La pleine lune habillait les silhouettes d'une luminescence grisâtre. Les femmes Harites et Mahalis avaient fait cuire quelques cailles. Les hommes, allongés par terre, oubliaient la fatigue des derniers jours. Autour d'eux les enfants jouaient et couraient entre les abris faits de branches et recouverts de peaux de bête.

Gam et sa sœur, Samali, s'approchèrent d'un Harite en train de s'affairer sur des sortes de pigments de couleur rouge. Gam l'interrogea :

— C'est avec cela, demanda-t-il, que vous peignez vos visages ?

L'homme fit oui de la tête.

— Qu'est-ce que c'est ?

— Une pierre rouge pilée[1].

— Et ?

1. De l'ocre.

— On la mélange avec de l'eau. On y trempe le doigt et on dessine. C'est tout.

— Ah…

— Et pourquoi faites-vous ça ? s'étonna Samali.

Le Harite allait répondre lorsqu'une voix le prit de vitesse.

— Pour nous différencier des autres !

Samali et Gam se retournèrent.

Un adolescent, un peu plus grand que Gam, avec un front haut et bombé, était campé devant eux. Une balafre marquait sa joue droite.

— Je m'appelle Barqa, dit-il, je suis le fils de Dahib, et vous ?

— Je suis Gam. Elle, c'est ma sœur, Samali.

Samali leva le doigt vers la balafre.

— Qu'est-ce qui t'est arrivé ?

L'adolescent répondit avec fierté :

— C'est le coup de griffe d'un lynx. Il m'a surpris pendant que je chassais avec mon père.

— Tu chasses ?

Barqa parut surpris par la question.

— Évidemment !

Changeant de sujet, elle demanda :

— Pourquoi voulez-vous vous différencier des autres ?

— Parce qu'il n'existe qu'un seul Peuple des Falaises. Et c'est le nôtre. Les Harites !

Il enchaîna très vite :

— Voulez-vous que je vous montre un endroit secret ?

— Bien sûr !

Il les invita à le suivre, allumant une torche au passage.

Dans un silence absolu, ils avancèrent entre les falaises, jusqu'au moment où ils furent devant un goulet étroit. Barqa s'y engouffra. Le chemin débouchait au pied d'une montagne où apparaissait la trace de cataclysmes plus anciens que les plus anciens des hommes. Légèrement en hauteur, une ouverture se dessinait.

— Nous sommes arrivés, annonça Barqa.

Il leva la torche et entra le premier.

Samali hésita.

— Tu es sûr que le lieu n'est pas habité ?

— Non. Ce devait être l'antre d'un fauve, mais depuis la sécheresse, il est désert. Regardez !

Le frère et la sœur levèrent la tête et restèrent muets de stupeur.

Sur toute leur longueur, les parois étaient décorées de dessins. Ceux-ci partaient du sol et se dressaient jusqu'à deux hauteurs d'homme. Un mammouth gigantesque trônait de profil comme s'il gardait l'entrée des lieux. D'autres animaux plus petits le suivaient. Plus loin, des aurochs semblaient s'élancer, alors que deux rennes se faisaient face. L'un d'entre eux était composé uniquement de points rouges. Partout où l'on posait le regard, on voyait des lions, des ours, mais aucune hyène. Sans doute méprisées pour leur comportement charognard, elles n'avaient pas trouvé leur place dans cette fresque.

Dans un coin, en guise de signature, les auteurs avaient apposé des empreintes de mains colorées.

Gam bredouilla :

— C'est vous, les Harites, qui avez dessiné tout ça ?

— Non. Il doit s'agir d'autres gens. Des gens d'avant nous.

— C'est incroyable !

Comme hypnotisés, les trois enfants s'assirent sur le sol, incapables de détacher les yeux de ces splendeurs. Une question traversa l'esprit de Gam.

— Pourquoi ?

— Que veux-tu dire ? s'étonna Barqa.

— À quoi servent ces dessins ? Le feu sert à cuire la viande, les sagaies et les massues, à nous défendre, les silex, à découper les peaux, les hameçons, à pêcher. Mais ces dessins ? Ils servent à quoi ?

Barqa fit une moue dubitative.

— Je ne sais pas.

Après un court silence, Samali déclara :

— Ils servent à transmettre la beauté.

*

La plupart des hommes et des femmes s'étaient endormis. Du feu ne subsistait plus que des braises rougeoyantes. Seuls Kaloum et Dahib restaient éveillés.

— Dis-moi. Pourquoi veux-tu aller au nord ?

— Parce qu'un ancien du nom de Sahar m'a parlé d'une étendue d'eau plus vaste que les plus grands fleuves, dont les fonds seraient tapissés d'étoiles. Un endroit verdoyant où il y aurait plein de nourriture. Où il n'y aurait pas de sécheresse.

— L'Ancien a-t-il vu cet endroit ?

Kaloum fit non de la tête.

— Alors comment es-tu sûr qu'il existe ?

— Je n'en suis pas sûr. Mais je sens qu'il est. Voilà des mois que la vie se meurt autour de nous. Alors, autant bouger.

Dahib ferma les yeux.

Depuis des jours, en effet, les torrents et les rivières se tarissaient, condamnant à la sécheresse les vallées qu'ils avaient autrefois irriguées. Même après de fortes pluies, l'eau s'évaporait presque instantanément, au point qu'un jour, Dahib avait été obligé de descendre au fond d'un aven pour puiser le précieux liquide. Une autre fois, un grand torrent était apparu soudain, courant sur une courte distance, avant de disparaître tout aussi subitement. La terre était devenue aride et rocailleuse, la vie animale, quasi inexistante, et les vastes prairies n'étaient plus.

— Tu serais d'accord pour que les Harites vous accompagnent ? Comme tu l'as dit, en nous unissant, nous serons plus forts.

Kaloum approuva sans hésiter.

— Sache néanmoins que nous allons vers l'inconnu. Peut-être ne trouverons-nous rien.

Un petit rire secoua Dahib.

— Ne marchons-nous pas vers l'inconnu depuis notre naissance ? Alors qu'est-ce qui changera ?

*

Ils reprirent leur périple aux aurores, mais cette fois, les Mahalis n'étaient plus seuls. Les Harites s'étaient joints à eux. Et à leur contact, les femmes Mahalis apprirent de nouvelles choses. Entre autres, comment assembler des peaux de bête pour faire des vêtements ou construire des auvents. Un miracle rendu possible grâce à un objet magique : une aiguille effilée taillée dans un os et percée d'un chas dans lequel on glissait un fil conçu avec des fibres végétales. En échange, les Mahalis enseignèrent aux Harites le stratagème imaginé par Gam, qui permettait de pêcher sans avoir à descendre dans l'eau, et l'usage du lance-pierre que leur avait transmis l'Errante. C'est ainsi que, grâce au partage, les hommes des deux clans devenaient plus grands, plus forts.

Entre Gam, Samali et Barqa s'étaient noués des liens si vrais qu'on ne pouvait savoir s'ils étaient frères ou amis. Mais c'était surtout entre Samali et Barqa qu'une fusion différente s'était opérée et qui portait en elle des sentiments tout autres que fraternels. Il faut dire que Samali avait quitté l'adolescence depuis longtemps et que son corps était parvenu à maturité. Ses traits harmonieux encadrés par une chevelure ébène faisaient d'elle, à n'en pas douter, la plus jolie femme du clan. Elle allait là où Barqa allait et se nourrissait de sa présence comme lui de la sienne. L'attraction mystérieuse qui poussait les hommes vers les femmes et inversement depuis l'aube du monde, aucun d'entre eux n'avait pu lui donner un nom. Ils avaient seulement conclu que la femme et l'homme se sentaient plus forts à deux. Ce fut par une nuit sans lune que les corps de Samali et Barqa ne firent plus qu'un.

La saison des arbres verts passa. Barqa guettait tous les jours l'apparition de la vie dans le ventre de Samali. Il savait la durée de la gestation, les signes annonciateurs qui précèdent l'arrivée d'un enfant.

Hélas, le ventre de Samali ne connaissait aucune métamorphose et le chagrin commença à s'emparer du cœur de Barqa. Bientôt, le chagrin devint désespoir.

— Patience, lui répétait Larama, la mère de Samali. C'est la nature qui décidera du moment le plus juste.

Barqa se contentait de hocher la tête ou de grommeler.

Il y eut la saison des feuilles couleur ocre, et celle des arbres dénudés. L'impatience de Barqa allait croissant jusqu'au jour où le ventre de Samali s'arrondit. Alors le couple se prit à espérer. Hélas. Après des jours et des nuits, lorsque naquit l'enfant, il ne survécut pas au-delà du couchant.

Plein de colère, Barqa cria à Larama :

— C'est aussi la nature qui a décidé de tuer notre enfant ?

Larama resta silencieuse car elle ne connaissait pas la réponse.

Quand, des jours et des nuits plus tard, le deuxième nouveau-né connut le même sort, Samali sombra. Elle se replia sur elle-même, rejeta Barqa lorsqu'il cherchait à la posséder, et vécut en marge du clan tandis que lui, humilié, se détacha à son tour et posa le regard sur d'autres femmes.

Pendant longtemps, Larama s'efforça de maîtriser la colère qui grondait en elle. En tant que mère, elle voyait dans le cœur de sa fille tout ce que Barqa ne voyait pas. Un jour, sa fureur explosa. Elle alla trouver Barqa alors que celui-ci s'accouplait avec l'une des femmes du clan, connue de tous pour sa sexualité incandescente. N'attendant pas la fin de leur copulation, Larama tira sans ménagement le jeune homme par les cheveux et hurla à l'intention de la femme :

— Pars ! Va te trouver un autre dard !

Puis elle le fixa de ses prunelles pleines de colère.

— Ce n'est pas bien, ce que tu fais à Samali. Ma fille ne mérite pas ce mal !

— Quoi ? Quel mal ? C'est elle qui me rejette comme si j'avais des poux !

— Les poux, tu en as, bien sûr, mais ils sont au fond de ta tête. Ne vois-tu pas combien elle souffre d'avoir perdu ses deux bébés ?

— Et elle me châtie d'être incapable d'enfanter !

— Tu es aussi bête qu'un crapaud. C'est elle qu'elle châtie ! Elle s'en veut de ne pas ressembler aux autres femmes du clan et elle entend leurs ricanements. Tu peux comprendre cela ? Non, bien sûr, tu es un mâle.

Barqa répliqua d'une voix sombre :

— Tout ce que je comprends, c'est que son ventre est porteur de mort.

Larama afficha une moue méprisante.

— Je te plains. Tu veux la vérité ? Ma fille ne te mérite pas !

Elle cracha par terre et pivota sur les talons.

Les mots de Larama n'eurent aucun effet sur Barqa. Il continua de délaisser Samali, tandis que la jeune femme attendait que le baume des jours panse sa tristesse.

*

Au fur et à mesure qu'ils avançaient, la fatigue creusait les traits des femmes et des hommes et le terrain se métamorphosait. Un jour, longtemps après de nombreuses saisons chaudes et froides, ils s'arrêtèrent au sommet d'une colline et découvrirent une vaste plaine qui s'offrait à leurs yeux. Elle ondulait sous le vent, incroyablement riche et variée, et recelait une vie foisonnante. Il y avait là des animaux jamais vus auparavant : des chevaux sauvages et des onagres. Ils se surprirent à imaginer qu'il était possible de les enfourcher, mais pour cela il eût fallu les capturer. Aucun des Harites ou des Mahalis ne s'y risqua.

Un autre jour, ils virent des montagnes aux sommets couverts d'un blanc brillant. Voilà bien longtemps qu'ils n'avaient eu l'occasion d'apercevoir des pics enneigés.

Les saisons se succédaient et les morts partaient vers le Pays-qui-n'a-pas-de-nom. D'abord il y eut Jandar, puis Rageb, suivis de bien d'autres. Dans le même temps, des enfants naissaient. La fille que l'Errante avait mise au monde, presque devenue une adolescente, avait été surnommée Libellule car elle était douée d'un sens étonnant qui lui permettait de discerner ce que nul ne voyait. C'est peut-être grâce à ce don qu'elle découvrit un matin l'extraordinaire pouvoir de la terre.

On avait dressé le camp non loin d'une petite rivière et des femmes étaient en train de préparer le repas : des galettes de viande séchée, mêlées de graisse. Mais Libellule, revenue de la cueillette, avait pris place à l'écart, et, agenouillée sur le sol, fixait un point avec intensité. Soudain, elle apostropha Samali et lui demanda de la rejoindre.

— Regarde ! dit-elle, pleine d'excitation.

— Quoi donc ? Je ne vois rien.

— Penche-toi un peu plus. Ouvre bien les yeux.

Samali s'exécuta en soupirant, et, après quelques instants, elle finit par comprendre ce que son amie voyait : une minuscule tige verte qui émergeait de la terre.

— Je ne saisis pas. C'est rien qu'une herbe !

— Mais non, c'est la naissance de la vie !

Samali dévisagea Libellule comme si elle doutait de sa raison.

— La vie ?

Elle passa la main sur son ventre qui, depuis quelque temps, était rond. Abandonnée par Barqa, elle s'était donnée à de nombreux guerriers au point d'ignorer qui était le père du bébé qu'elle allait enfanter.

— Écoute-moi bien, reprit Libellule. Il y a quelques jours, cette tige ne sortait pas du sol. Je le sais, parce que je suis passée par là en revenant de la cueillette.

— Et alors ? Quoi d'extraordinaire ? Autour de nous il existe plein de plantes ou d'arbres qui n'existaient pas lorsque nous sommes nés et qui sont apparus ensuite.

— Oui. Mais, cette fois, c'est différent. C'est moi qui ai fait naître cette tige ! Moi !

Samali, totalement déconcertée, attendit la suite.

— Lorsque je suis rentrée après avoir cueilli des noisettes, j'ai dû laisser tomber une semence en chemin.

Elle indiqua le sol.

— Ici. Et sans doute aussi ailleurs.

— Une semence ?

— Oui. Quelque chose qui devait se trouver parmi les noisettes ou, pourquoi pas, une noisette.

Samali ne put s'empêcher de pouffer.

— Je crois que tu as trop mangé de graisse d'urus. Ce que tu décris n'existe pas. Une noisette ne peut pas créer une autre noisette. Ni une fleur une autre fleur. Seules les humaines sont capables de donner la vie à des humains.

Libellule plissa le front.

— Depuis que ton mâle t'a abandonnée, tu n'es plus capable de voir. Les larmes te brouillent les yeux.

Le lendemain, Libellule revint avec une brassée de noisettes, et prit de nouveau Samali à témoin.

— Regarde bien.

Après en avoir enlevé l'enveloppe externe, elle enfouit l'une des graines dans la terre.

— Voilà, annonça-t-elle, satisfaite. Tu as observé ce que j'ai fait, n'est-ce pas ? Eh bien dans quelques jours, nous verrons si j'ai trop mangé de graisse d'urus.

Samali approuva, sans conviction.

Le lendemain et les jours suivants, Libellule vint vérifier le résultat de ses semailles, sans constater le moindre résultat. Plusieurs soleils s'élevèrent et retombèrent derrière l'horizon, rien n'apparaissait.

Le prodige se produisit le matin où les clans s'apprêtaient à lever le camp. Une dernière fois, Libellule alla inspecter le coin où elle avait planté sa noisette et poussa aussitôt un cri triomphal.

— Venez voir ! Venez tous ! Toi surtout, Samali !

Tous les membres se précipitèrent, même les enfants, Kaloum et Larama en tête.

Dès qu'ils furent réunis, Libellule montra l'endroit d'où pointait une tigette ornée de minuscules feuilles en volutes. En quelques mots, elle expliqua ce qu'elle avait déjà dit à Samali et conclut :

— Désormais nous n'aurons qu'à semer des graines et elles nous procureront ce que nous voulons. Fruits, légumes et autres.

Une femme ironisa.

— Même des urus et des gazelles ?

Libellule lui décocha un regard méprisant.

— Tu es aussi bête que l'oiseau à longues oreilles.

Nul ne savait à quelle sorte de volatile elle faisait allusion, peut-être une chauve-souris, mais tous se mirent à rire.

— Arrêtez ! ordonna Kaloum. La découverte de Libellule mérite qu'on la salue. Si elle dit vrai, nous n'aurons plus à aller chercher de quoi nous nourrir. Nous continuerons de chasser, mais si les proies viennent à manquer, ce que nous aurons planté pourra nous suffire.

Il enchaîna, tout à coup songeur :

— Comment une petite graine, apparemment sans vie, peut-elle se transformer en une plante vivante ?

Il passa la main dans la chevelure de Libellule et poursuivit :

— À partir de maintenant, c'est toi qui seras chargée des semailles.

— Moi aussi ! s'exclama Samali.

Elle adressa un grand sourire à son amie, puis :

— Ne suis-je pas la première à avoir cru que tu avais raison ?

8

L’objet mystérieux

Bien des lunes étaient nées dans le ciel puis s’en étaient allées. À présent, Gam ressemblait tant à son père qu’on aurait pu les confondre. Il était devenu un guerrier robuste et un chasseur incomparable, admiré de tous.

Tous avaient conservé en mémoire son combat victorieux contre le Khazam, et puis il y avait eu cette après-midi où ils étaient tombés face à une tigresse que nul n’avait entendue venir. Elle s’était approchée des hommes, sans hâte, sûre qu’ils ne pourraient lui échapper. Dahib avait été le premier à lancer sa sagaie. L’arme avait sifflé, mais soit que la distance était excessive, soit que la pointe avait glissé de biais, la tigresse avait poussé un grondement terrible et hâté sa course. Ç’avait été le tour de son fils, Barqa, qui lui aussi avait manqué la cible. Anjar, la Tortue, avait été, comme toujours, trop lent à réagir. Alors Gam avait marché vers la féline, puis s’était arrêté et avait attendu qu'elle vienne. Lorsque la gueule monstrueuse avait été sur lui, il avait abattu sa massue. La douleur avait dû décupler la rage de la tigresse. Elle s'était dressée sur ses pattes arrière avant de plonger en avant et de planter ses crocs dans la cuisse de Gam. Mais, sans faillir, il avait continué de cogner jusqu'au moment où la tigresse avait roulé à terre. Il avait cogné encore. Il avait plongé le regard dans celui de la bête agonisante et on l'avait entendu murmurer : « Tu t'es bien battue. Tu aurais pu être une Mahali. » Et il l'avait achevée pour mettre un terme à ses souffrances.

Dahib était allé vers Kaloum et lui avait dit :

— Ton fils est digne de toi. Tu peux être fier.

Kaloum avait opiné et s'était tourné vers Gam.

— À présent, laisse les anciennes soigner ta blessure.

En observant son fils, il n'avait pu s'empêcher de songer que les étoiles qui brûlaient dans le ciel détenaient peut-être un secret : celui d'organiser la vie des hommes. Sinon, comment expliquer que Gam fût désormais si prêt à lui succéder, alors que, dans le même temps, Kaloum sentait la vie fuir son corps, comme elle fuyait celui de Larama. Et il avait pensé que l'existence était injuste. Alors qu'il avait engrangé tant de choses depuis sa naissance, voilà qu'il allait devoir bientôt partir pour le Pays-qui-n'a-pas-de-nom. Larama l'y suivrait ou peut-être même l'y précéderait alors qu'elle aussi avait tant appris ; bien plus que la plupart des femmes du clan. Elle savait que le sang qui coule des entrailles des jeunes filles ne provoquerait pas leur mort. Elle savait à quel moment leur ventre s'ouvrirait pour donner naissance à un nouvel être. Elle avait apprivoisé des remèdes issus de la terre : racines, écorces, champignons, fleurs. Ceux qui servaient à calmer le battement des tempes, à réduire la chaleur du corps, à soulager les douleurs des dents et bien d'autres choses, comme la manière d'utiliser la moelle d'un renne pour joindre les peaux débarrassées de leurs tendons. Oui, la brièveté de la vie des humains était injuste. Il restait encore tant à apprendre, tant de paysages à découvrir. Kaloum en était d'ailleurs arrivé à douter qu'il verrait jamais le lieu décrit par Sahar l'Ancien.

Toutes ces pensées, il les avait partagées un jour avec l'Ancien, Mawouko. Après avoir médité un moment en mâchouillant une sauterelle, ce dernier lui avait répondu : « Ce que nous acquérons ne nous appartient pas. Il est notre don à notre descendance. Voilà la raison d'apprendre. »

Puis, l'Ancien avait ajouté : « Tu sais d'où viennent tes tourments ? De la peur. Tu as peur de partir car tu ne sais pas où te mènera le voyage au Pays-qui-n'a-pas-de-nom. »

Kaloum s'était contenté de sourire. En vérité, il ne craignait pas ce pays.

*

Si, depuis peu, les rayons du soleil étaient moins durs et si l'on trouvait des rivières et des plantes tendres ainsi que quelques lapins ou des œufs d'oiseau nichés dans le sol, le lieu décrit par Sahar demeurait toujours introuvable. Le doute dominait parmi les membres des deux clans.

— Et si l'Ancien s'était trompé ?

La question que Dahib venait de soulever voletait aussi dans la tête de Kaloum. Il répondit sans détour :

— C'est possible.

— Dans ce cas, à quoi sert-il de poursuivre ?

Kaloum passa machinalement ses doigts dans sa chevelure grisonnante.

— À quoi sert-il de rester immobile ? Le mouvement, c'est notre raison d'être. Nous…

— Regardez ce que j'ai trouvé !

Anjar, dit la Tortue, venait de surgir dans le camp en brandissant un objet qu'il posa par terre.

Il s'agissait d'une baguette recourbée en demi-cercle, dont les extrémités étaient liées par un boyau d'animal. Plus étonnant, il y avait aussi une sagaie très affûtée, mais guère plus longue qu'un avant-bras avec une encoche à l'opposé de la pointe.

— Qu'est-ce que c'est ? demanda Barqa, le fils de Dahib.

Il n'y eut pas de réponse.

— Je n'ai jamais rien vu de pareil, commenta Mawouko, et pourtant mes yeux croyaient avoir tout vu.

— Où l'as-tu trouvé ? questionna Gam.

— Non loin, au pied d'un arbre géant.

— Et tu n'as aperçu personne ?

Anjar répondit par la négative.

Barqa souleva l'objet mystérieux et l'examina avec soin.

— C'est vraiment curieux. Je me demande à quoi il sert.

— Une chose est sûre, dit Gam, il a été fait par des mains humaines. Aucun animal n'en serait capable.

— Cette sagaie est si petite qu'elle ne pourrait même pas tuer une fourmi !

Dans les jours qui suivirent la découverte, une certaine inquiétude se propagea. Dahib suggéra que l'on interdise les chasses individuelles et Kaloum ordonna que les femmes qui se livraient à la cueillette soient accompagnées par des hommes armés.

Et la vie reprit son cours jusqu'à ce qu'un matin, un Harite, qui revenait de la chasse, annonçât :

— Je viens de voir des hommes, là-bas, à la lisière de la forêt.

— Ils parlaient notre langue ?

— Non. C'était plutôt une série de sons.

Et il mima :

— *Grogun, coume, rabac*… Inintelligible.

— Ils avaient des armes ?

— Les mêmes que nous, mais ils portaient aussi en bandoulière l'étrange objet qu'Anjar a rapporté et plusieurs petites sagaies dans un sac de peau.

— Ils étaient nombreux ?

— Plus que nous.

Le soir, autour du feu, la présence de ces inconnus occupa les discussions. Et revenaient les mêmes questions qu'ils se posaient chaque fois qu'il leur arrivait de croiser de nouveaux êtres. Des bipèdes, la plupart du temps moins avancés que les Harites ou les Mahalis, mais parfois aussi leurs égaux. D'autres qui leur ressemblaient un peu, mais à la différence qu'ils étaient beaucoup plus velus, qu'ils se mouvaient à quatre pattes et couraient et sautaient avec une grande agilité ou se suspendaient par les mains aux branches des arbres en poussant des cris stridents. En tout cas, des rencontres qui leur avaient enseigné une chose : la méfiance.

Le lendemain, aux premières avancées de l'aube, Anjar, rongé par la curiosité, décida de partir en éclaireur. Il avança en rampant parmi les hautes herbes jusqu'à la lisière de la forêt. Un silence absolu régnait et, hormis les bruits familiers, rien ne semblait signaler la présence d'humains. Il continua de s'engager en prenant soin de s'abriter à chaque pas.

Toujours rien. Il se demanda s'il n'avait pas rêvé, si les hommes qu'il avait vus la veille n'étaient pas le fruit de son imagination. Après avoir jeté un dernier regard circulaire, il décida d'opérer un demi-tour.

Aussitôt des mains se nouèrent autour de sa gorge. Il se sentit étouffé mais, avec une facilité qui le surprit lui-même, il réussit à se libérer en pliant son corps en avant et en projetant son agresseur par-dessus ses épaules. Il n'attendit pas qu'il se relève. En l'espace d'un éclair, il avait la pointe de son silex sur la gorge de l'assaillant. C'est à cet instant seulement qu'il se rendit compte qu'il s'agissait d'une femelle. À peine adulte. Très brune, presque noire.

Il balbutia :

— Qui… qui es-tu ?

Au lieu de répondre, la jeune femme déchaînée rua et rugit telle une tigresse.

— Calme-toi ! hurla Anjar. Calme-toi ou je t'égorge !

Liant le geste à la parole, il brandit son silex. Mais la menace n'eut aucun effet. La femme se démena de plus belle et lui mordit la main. Exaspéré, Anjar lui asséna un coup de poing d'une telle violence qu'elle perdit conscience.

— Tu es pire que les pires des animaux !

Au moment de la soulever, il vit qu'elle portait en bandoulière le fameux objet arqué qui intriguait tant ses compagnons. En revanche, point de sagaie.

Il jeta la captive sur son épaule et reprit le chemin du camp.

— Qu'est-ce que tu nous ramènes ?

— Vous le voyez bien. Une femme.

Gam la détailla du regard. Elle était plus belle que les plus belles filles des Harites et des Mahalis.

— Où l'as-tu trouvée ?

— Non loin de l'endroit où j'avais aperçu les hommes.

— Elle était seule ?

— Je crois.

— Tu crois ? C'est impossible ! Elle a dû s'égarer, ou s'éloigner des siens pour chasser. Tu as pris un risque en la capturant.

— Mais c'est elle qui m'a attaqué !

Gam fit observer :

— Elle doit avoir une famille. Les gens de sa tribu vont sûrement la chercher. Peut-être sont-ils déjà en train de le faire, et tu as laissé sur ton chemin suffisamment de traces pour qu'ils nous retrouvent.

— Mon fils a raison, approuva Kaloum. Surveillons les alentours et que les femmes et les enfants se regroupent immédiatement !

Brusquement, la jeune fille poussa un gémissement, battit des paupières et ouvrit les yeux. Ils ne dégageaient aucune crainte, seulement une colère froide.

— As-tu un nom ? questionna Gam. À quelle tribu tu appartiens ?

En guise de réponse, elle lui cracha à la face comme un chat sauvage et chercha à lui griffer la joue.

— Quand je vous disais que c'est une tigresse ! dit Anjar en montrant sa main qui saignait.

— Ligotez-lui les poignets ! ordonna Kaloum, les pieds aussi.

La jeune femme tenta encore de se débattre, en vain. Gam posa de nouveau sa question.

Elle resta muette.

— Ton clan, où est-il ?

En guise de réponse, elle prononça une suite de mots chargés d'une si grande colère qu'il n'était pas utile de comprendre sa langue pour en deviner le sens.

— Nous ne te voulons pas de mal, la rassura Dahib.

Silence.

Il récupéra l'objet en bois arqué.

— Qu'est-ce que c'est ? À quoi sert-il ?

Cette fois, elle détourna le visage et son expression devint plus dure qu'une pierre.

Larama décida alors d'intervenir.

— Laissez-la ! Ce n'est pas ainsi que vous obtiendrez quelque chose. Écartez-vous ! Vous lui faites peur.

— Mère, protesta Gam, elle n'a pas plus peur de nous que nous d'elle. Elle est têtue comme…

— Comme un homme, oui ! Ne voyez-vous pas ce que vous faites ? Tous ces mâles pleins d'envie autour d'elle, qui la mangent des yeux… Écartez-vous !

Les hommes s'exécutèrent.

— Que suggères-tu ?

— La traiter convenablement sera le meilleur moyen de lui donner confiance.

— Je ne suis pas d'accord, objecta Abrac, toujours aussi prompt à dire non à tout et à tous. Libérons-la. Qu'elle rejoigne les siens. Nous n'avons que faire d'une femelle de plus à nourrir.

Certains hommes, qui rêvaient sans doute secrètement de la posséder, protestèrent.

— Non, gardons-la ! Elle enfantera pour nous.

— Ne serions-nous que des ventres sur pattes ? protesta une femme.

D'autres objectèrent :

— Qu'elle parte !

Kaloum et Dahib se concertèrent à l'écart du brouhaha.

— Qu'en penses-tu ? interrogea ce dernier.

— Si nous la libérons, elle risque d'ameuter sa tribu et nous ne savons rien de leur nombre. Pourquoi risquer un combat à l'issue incertaine ? Nous avions prévu de lever le camp demain. Je suggère que nous l'emmenions. Et quand nous serons suffisamment éloignés, nous la relâcherons. Libre à elle d'aller où bon lui semble. Et nous suivrons les conseils de ma femme. Traitons-la bien.

Dahib approuva.

*

L'inconnue, toujours ligotée, avait fini par s'endormir près du feu. Deux guerriers montaient la garde à l'extrême limite du camp.

Non loin, Gam cherchait un sommeil qui ne venait pas, attentif au halètement du vent qui courait entre les arbres. C'est au moment où ses paupières se firent plus lourdes qu'il perçut des sons étrangers aux habituelles rumeurs de la nuit. Il rejeta la couverture de renne dans laquelle il s'était enveloppé, se dressa sur ses pieds et tendit l'oreille. Il y eut un petit cri, vite étouffé, et un bruissement de feuillage. Il n'en fallut pas plus pour qu'il comprenne et se rue vers l'endroit où se trouvait la captive. Ce qu'il découvrit fit trembler de colère tous ses membres. Un guerrier Harite était sur elle, une main plaquée sur sa bouche, l'autre palpant ses cuisses et ses seins dénudés.

Gam n'hésita pas. Lorsqu'il planta son silex dans le cou de son agresseur, un jet de sang l'éclaboussa et se répandit sur les joues de la jeune femme. Il saisit le Harite et le projeta violemment en arrière.

— Chacal !

Après avoir glissé son silex dans sa ceinture, il porta son attention vers la captive. Étrangement, alors qu'elle aurait pu pousser des cris, hurler, elle restait silencieuse. Il ramassa quelques feuilles et lui essuya les joues.

Elle ne broncha pas.

Il replia les pans de son vêtement pour cacher sa nudité.

— Je sais que tu ne me comprends pas, murmura Gam, mais je suis désolé. Sache que nous ne sommes pas tous des animaux sauvages.

Il libéra ses poignets et ses chevilles.

— Si tu veux fuir, pars, tu es libre.

9

Jinda

— Elle s'est enfuie !

Dans l'aube à peine naissante, le cri de la Tortue retentit à travers le campement, tirant du sommeil ceux qui étaient encore assoupis.

— Elle a tué mon homme ! hurla une femme en se jetant sur la dépouille du guerrier harite qui, la veille, avait tenté de violenter l'inconnue.

Alors que tout le monde s'alarmait, Gam restait impassible.

Barqa, le fils de Dahib, l'interrogea :

— Tu sais quelque chose ?

— Rien.

— Ce qui m'intrigue, c'est comment elle a pu détacher ses liens.

Gam demeura muet.

Barqa enchaîna :

— Je reconnais l'homme. C'est Mangalé. Que faisait-il là ? Il n'était pas de garde. Je…

La voix de Anjar le coupa :

— De plus, elle a repris l'objet en bois que j'avais posé près de moi. Comment a-t-elle pu sans que je m'en aperçoive ?

— Tu as une bonne vue, répliqua Kaloum, mais quand tu fermes les yeux, ton sommeil est aussi profond que celui du tatou géant. Quoi qu'il en soit, nous devons lever le camp immédiatement. On ne sait jamais.

Ils ne furent pas longs à démonter leurs abris. La veuve harite couvrit la dépouille de son homme avec de grandes feuilles en se gardant de toucher les traces de sang. Les femmes qui étaient mères depuis peu emportèrent leurs nouveau-nés sur leur dos ; les autres rangèrent les restes de viande séchée dans des sacs en peau, les hommes prirent leurs armes et les deux tribus s'engagèrent dans la vallée.

L'air était doux. Bien plus doux que quelques lunes auparavant, ce qui laissait à croire que Sahar, l'Ancien, avait peut-être dit vrai. En effet, depuis qu'ils progressaient vers le nord, le climat se tempérait.

Gam ouvrait la marche, le regard fixé sur l'horizon, l'air absent.

— Que se passe-t-il ? questionna Barqa, je te trouve bien soucieux. Tu as l'esprit capturé par cette femme ?

Il n'y eut pas de réponse. Un petit rire secoua le Harite.

— Allons, à moi, tu peux tout dire ! J'admets qu'elle était singulièrement belle, cette brune, bien que moins belle que Samali.

Gam haussa les épaules et accéléra le pas.

À la mi-journée, ils avisèrent un point d'eau et décidèrent de faire halte pour se désaltérer et remplir les outres.

Soudain, comme si elle était tombée du ciel, la jeune femme apparut devant eux. Elle tenait l'objet mystérieux dans la main droite, et dans la gauche, la petite sagaie à la pointe effilée. Interloqués, tous la dévisageaient comme s'ils doutaient de la réalité.

— Te revoilà ? s'exclama Dahib. Tu n'es donc pas retournée chez les tiens ?

Elle ne parut pas comprendre.

Il s'exprima par gestes.

Elle répliqua en proférant des sons.

Il crut vaguement deviner que son clan avait disparu. Qu'elle ne l'avait pas retrouvé.

Un murmure réprobateur s'éleva :

— Elle a tué l'un des nôtres ! Elle mérite la mort !

— Mort ! Mort ! hurla la femme dont l'homme avait été assassiné.

Certains s'avancèrent, l'air menaçant. D'autres levèrent le poing vers le ciel.

La jeune femme recula d'un pas.

— Arrêtez ! ordonna Gam. Elle est innocente.

— Innocente ?

— Oui, c'est moi qui ai tué Mangalé.

— Toi ? s'étonna son père.

— Je parle vrai. Je l'ai surpris hier soir alors qu'il cherchait à prendre la femme de force.

La femme du mari défunt invectiva Gam.

— Comment as-tu pu prendre la vie de l'un des nôtres pour sauver celle d'une étrangère ?

Larama s'écria :

— Ton homme ne valait pas la peine de vivre ! Nous ne sommes pas des singes ou des Kassoungas qui mangent la chair humaine, ou comme ce Matama qui m'a souillée de sa bave !

Les traits de Kaloum se durcirent au rappel de ce jour infâme. Il réussit à articuler :

— Larama a raison. Mon fils a agi justement. Il n'a fait que protéger la femme.

Abrac le coupa sèchement.

— Une femelle ? Que vaut une femelle, une inconnue de surcroît ? Un ventre, rien de plus.

— Tais-toi ! Dans ta tête il n'y a que du bruit et de la noirceur ! cria Kaloum. C'est un ventre, comme tu dis, qui un jour t'a permis de venir au monde. Pour notre malheur !

Cette fois, Abrac ne retint plus la rage qui sourdait en lui depuis toujours. Il saisit son silex et s'avança vers Kaloum.

— Non ! hurla Gam qui voulut s'interposer, mon père n'est pas armé !

— Laisse, mon fils. Laisse.

Le combat est inégal, songea Mawouko, l'Ancien. Le jour ne peut vaincre la nuit.

Déjà les deux hommes s'affrontaient.

Abrac, le visage défiguré par la haine, tenta de taillader le bras de Kaloum, il balayait l'air à l'aide de son silex acéré avec de grands gestes brusques, à la différence de Kaloum qui, impassible, esquissait un pas en arrière ou sur le côté. Cette danse macabre se prolongea jusqu'au moment où Kaloum trouva la faille. Alors qu'il n'avait fait qu'éviter les arcs de cercle décrits par le silex de son adversaire, il se jeta sur lui avec une rapidité qui prit l'autre de court. Abrac perdit l'équilibre et chuta, lâchant du même coup son arme. Les corps entremêlés des deux hommes roulèrent dans la poussière tel un magma en furie, et ils haletaient comme des fauves.

Larama se prit le visage entre les mains, terrifiée. Elle savait mieux que personne que, depuis la blessure que lui avait infligée Hô, le Khazam, son homme n'était plus le guerrier de jadis.

Sous la violence des coups que lui assénait Abrac, on sentait que Kaloum subissait plus qu'il n'infligeait. Brusquement, dans une sorte de brouillard, il aperçut sur sa droite, posé dans l'herbe, le silex qu'Abrac avait lâché. Tandis que ce dernier continuait à frapper, il tendit la main vers l'arme. Ses doigts se refermèrent dessus. Abrac dut s'en apercevoir car il cessa de cogner pour prendre Kaloum de vitesse. Trop tard. Quand il sentit le silex s'enfoncer dans son cou, l'Impétueux poussa un cri et se rejeta en arrière, en plaquant sa paume droite sur l'ouverture qui béait dans sa gorge comme pour tenter de stopper le sang qui giclait. Il vacilla, son regard se remplit d'effroi. Sans doute voyait-il déjà apparaître le Pays-qui-n'a-pas-de-nom. Et il s'écroula comme une masse.

Un long silence accompagna son agonie, à peine ponctué par le bruissement des feuillages.

Kaloum, visage blême, couvert de sueur, respirait avec peine. Sitôt qu'il se laissa choir, Larama vint s'agenouiller à ses côtés et le prit contre elle à la manière d'une mère qui enlace son enfant.

— Et la femme ? Que décidons-nous ? interrogea Barqa.

— Qu'elle parte ! lança Dahib.

Il brandit son hachereau.

— Allez ! Pars !

À sa grande surprise, au lieu de fuir, elle saisit la tige de bois recourbée, tendit la corde et cala la petite sagaie dans une encoche. Ensuite, le bras gauche parfaitement aligné sur la main droite, elle visa le thorax du Harite.

— Que… que fais-tu ? bredouilla ce dernier, affolé.

Il ne finit pas sa phrase que la sagaie fendit l'air, mais au lieu de se planter dans le corps de Dahib, elle alla se ficher dans l'outre en peau qui pendait à sa taille. La précision était parfaite.

Rendu muet par la peur, Dahib fixait, l'air hébété, l'eau qui dégoulinait le long de sa cuisse.

— C'est donc à cela que sert l'objet, observa Gam. Une arme.

— ARC ! articula la jeune femme dans sa langue. ARC !

Gam répéta le son :

— Arc.

Désignant la sagaie, elle poursuivit :

— FLÈCHE !

— Flèche…

— Surprenant, commenta Mawouko.

Il récupéra la petite sagaie pour l'examiner.

La jeune femme remit l'arc à Gam.

— Prends !

Il hésita.

— Prends !

Il finit par accepter.

— Tu nous apprendras à fabriquer cet objet et à l'utiliser ? questionna-t-il, s'aidant de mimiques.

Elle fit oui de la tête.

Alors Gam s'adressa au clan :

— Grâce à l'inconnue, les Mahalis et les Harites vont disposer d'une arme qui les rendra invincibles. Puisqu'elle est innocente, et si elle le souhaite, elle a le droit de faire partie des nôtres.

Il se tourna ensuite vers la femme et, toujours s'aidant de gestes, lui proposa :

— Tu peux rester avec nous ou partir. Tu es libre.

Et tout en s'exprimant, il chercha du regard l'assentiment de Kaloum qui approuva d'un battement de paupières.

— Alors ? Que décides-tu ?

Après avoir fixé longuement Gam, elle dit :

— Bien. Jinda veut. Jinda accepte.

— Jinda ? c'est ton nom ?

— Jinda.

*

Contre toute attente, il se révéla que Jinda avait un caractère versatile et imprévisible. À des accès de bonne humeur succédaient, sans raison apparente, des moments d'abattement qui dégénéraient parfois en agressivité. Lorsque le clan faisait halte, elle se tenait accroupie, jambes croisées, devant le feu et entonnait une mélopée sourde, d'une voix rauque qui ne lui était pas habituelle. Et avant de regagner son lit de fougères, elle s'attardait devant les dernières braises, les yeux mi-clos, et balançait son torse d'avant en arrière en débitant des mots étranges, comme si elle s'adressait à quelqu'un.

Gam en conclut qu'elle savait des choses que les Mahalis ignoraient, mais surtout, il se sentait très fortement attiré par elle. À la différence des femmes des deux tribus, ses arcades sourcilières n'étaient pas proéminentes. Ses traits fins, son visage harmonieux dégageaient quelque chose d'irrésistible comme ses grands yeux parsemés d'éclats lumineux.

Au fil des jours, Jinda leur apprit à fabriquer des arcs et des flèches, tandis que, dans le même temps, avec une vitesse surprenante, elle mémorisait leur langage et retenait le nom de presque tous : Samali, Anjar, Barqa, Gam, Mawouko, Larama.

Bien des soirs plus tard, alors qu'elle était comme à son habitude en train de se balancer devant le feu en chantonnant, Gam s'assit auprès d'elle.

— Tu peux me dire pourquoi tu fais cela ?

— Pour la protection.

— La protection ?

— La protection de l'Esprit.

— L'Esprit ? Qu'est-ce que c'est ? Un homme ? Une femme ?

— Ni homme, ni femme. C'est l'Esprit.

— Et où vit-il ?

— Partout. Dans tous les êtres et tous les lieux. Dans les lunes et les soleils. Dans les nuages, dans les vents et leurs murmures et les hurlements du tonnerre et de la foudre. Il est dans les hommes qui chassent et mangent, dans les vallées, les montagnes, les arbres, les rivières avec leurs paroles d'eau. Dans chaque enfant qui naît. Dans le Pays de la Nuit où vivent ceux qui m'ont donné la vie.

— Tu parles à l'Esprit ?

— Non, je l'implore.

— Mais pourquoi ?

— Je te l'ai dit : pour qu'il me protège.

Il ne put s'empêcher de sourire.

— Et il le fait ?

Pour la première fois, elle lui rendit son sourire et répondit sur un ton désarmant :

— Regarde-moi, ne suis-je pas vivante ?

Gam ne pouvait plus se souvenir de la nuit ou du jour où Jinda et lui s'unirent. Il se rappelait seulement que, quelques lunes plus tard, elle avait accouché dans les douleurs d'un garçon à qui l'on avait donné le nom Touanga, parce qu'elle aimait sa sonorité.

Jinda lui avait murmuré à l'oreille : « Que l'esprit de ton grand-père te protège et fasse de toi un grand chasseur. » Coïncidence étrange, ç'avait été ce même jour que Samali était devenue mère à son tour d'un garçon. Elle l'avait appelé Ragom. Et personne ne lui avait demandé qui était le père.

Il y eut les saisons des arbres verts, celles des arbres nus, des pluies et des orages, des heures de lassitude et de découragement. Kaloum et Larama sentaient l'eau de la vieillesse qui remplaçait le sang dans leurs veines, mais ils se réconfortaient à la vue de leurs petits-enfants qui croissaient avec la force des baobabs et des lions.

Une nuit, alors que Jinda était allongée près de Gam, elle lui saisit brusquement la main et l'arracha à son sommeil.

Il se redressa, surpris.

— Qu'y a-t-il ?

— Je l'ai vue ! J'ai vu la grande étendue d'eau que décrivait votre Ancien. Celle que tu n'as cessé de me détailler. J'ai aussi vu des animaux à bosse et des troupeaux de gazelles et des petites étoiles qui scintillaient au fond de l'eau.

— Mais où donc ? Il n'y a que la steppe autour de nous.

Elle montra un point invisible, là où le soleil se couche.

— Là-bas.

Gam hocha la tête et effleura la joue de Jinda comme on caresse un enfant.

— Rendors-toi. L'aube n'est pas encore levée.

10

Le jour des ténèbres

Jinda avait sans doute été victime de ses hallucinations, car après qu'elle eut évoqué la grande étendue d'eau, on n'en trouva aucune trace. La santé de Kaloum continuait, elle, de décliner.

À quel moment le grand mal s'empara du corps de ce guerrier ? Larama fut la première à constater qu'une main invisible attirait son homme vers le Pays-qui-n'a-pas-de-nom. Elle n'en fut pas étonnée. Depuis quelque temps, elle voyait qu'il avait de plus en plus de mal à suivre le clan. Il ne chassait plus et il lui arrivait de se laisser choir dans les hautes herbes. Sa chevelure était devenue toute blanche.

Un jour, alors que la boule de feu se tenait au zénith, il s'était écroulé. La dernière fois, songea Larama. Elle appela à l'aide. Gam et Samali réagirent les premiers. Quand ils furent auprès de leur père, ils lurent dans ses yeux que la fin de son voyage était proche.

Larama déclara d'une voix ferme :

— Si tu pars, je pars avec toi.

Kaloum sourit faiblement.

— Non. Tu m'as suivi partout, mais aujourd'hui ce voyage-là m'appartient.

— Non !

Gam et Samali observaient leur père en silence, incapables de dire un mot. C'est alors que Jinda vint s'agenouiller près de Kaloum. Elle posa la main sur son front et dit :

— Le feu est en lui. Il va le consumer.

Et ce fut tout.

Elle s'écarta du groupe, s'assit sur l'herbe et, comme elle en avait l'habitude, les yeux clos, se mit à débiter des sons tout en se balançant d'avant en arrière.

— Peut-être pourrait-on faire appel à l'Errante ? suggéra Gam. Elle avait bien soigné l'épaule de Ba, et…

— Par le feu ! s'écria Larama. Non, plus jamais !

— Elle doit connaître d'autres moyens. Je vais la chercher.

Quand il revint avec l'Errante, celle-ci examina Kaloum, palpa ses membres, respira son souffle, puis elle entrouvrit ses lèvres et y glissa une herbe inconnue.

— Avale ! ordonna-t-elle.

Trop faible pour protester, Kaloum obéit.

— Que lui donnes-tu ? s'affola Larama.

— Qu'est-ce que c'est ? s'inquiéta Gam à son tour.

— Laissez faire, recommanda Dahib qui venait de les rejoindre. Elle sait le pouvoir des plantes.

Lorsque les premières ténèbres se profilèrent, l'état de Kaloum parut s'améliorer. L'on n'aurait pu dire si c'était grâce aux herbes de l'Errante ou à Jinda qui, infatigable, continuait ses psalmodies. Hélas, au retour de l'aube la main invisible se referma sur le cœur de Kaloum.

Respirant avec peine, l'agonisant fixa son fils et articula :

— Prends soin de ta mère, Gam. Elle n'a plus que toi et ta sœur.

Il retira le collier de coquillages qui, depuis toujours, ornait son thorax.

— Je t'avais dit un jour : « Bientôt, c'est toi qui le porteras. » Ce moment est venu. Prends-le. À ton tour, quand ton heure viendra, tu le transmettras à Touanga.

— Père, je ne veux pas !

— Il le faut pourtant. Prends-le !

À contrecœur, Gam accepta.

— Ba, tu ne peux pas nous quitter, sanglota Samali. Que deviendrons-nous ? Que deviendront les Mahalis ?

Dans un ultime effort, Kaloum pointa Gam du doigt.

— Lui, murmura-t-il, c'est lui qui saura vous guider jusqu'au lieu indiqué par l'Ancien.

Il ajouta, mais cette fois à l'intention de Dahib :

— Ne perds pas espoir. Le lieu existe.

Le Harite ne fit aucun commentaire.

Alors Kaloum parut se détendre et la souffrance qui, jusque-là, défigurait ses traits, disparut. Il fixa le ciel où flottaient quelques nuages comme s'il cherchait à y décrypter un message. À sa respiration oppressée succéda un râle qui grandit graduellement, puis ce fut le silence.

— Les herbes ne l'ont pas sauvé, déclara l'Errante. Il est parti. C'est fini.

— Où ? se récria Samali. Où vont ceux qui partent ?

— Il a rejoint son père et le père de son père et tous les autres partis avant lui. (Elle pointa son index vers la terre.) Dans la poussière. Comme les animaux, les chiens sauvages et les félins, et les hyènes et les oiseaux. Dans la poussière.

— Tu te trompes ! cria Samali. Les humains ne partagent pas le sort des animaux ! Pas les hommes comme mon père. Ils survivent et…

— Elle a raison, intervint Jinda qui avait arrêté soudain de psalmodier. Les humains continuent de vivre mais on ne les voit plus. Ils s'unissent aux arbres, aux rivières, aux plantes. Ils demeurent parmi nous. Toujours.

Gam articula d'une voix hésitante :

— Comme l'Esprit dont tu m'as parlé un soir ?

Elle opina.

— L'Esprit ? interrogea Larama. Qu'est-ce que c'est ?

Jinda répondit comme si elle récitait :

— Celui qui est dans tous les êtres et tous les lieux. Dans les lunes et les soleils. Dans les nuages, dans les vents et…

— Arrête ! hurla Larama. Je ne comprends rien à tes gargouillis. Je comprends seulement que mon homme est ici, couché comme un arbre mort.

Elle ajouta avec une détermination presque effrayante :

— Et je ferai comme lui.

Jusqu'à la tombée de la nuit, elle resta près de Kaloum comme si elle montait la garde, ou peut-être avec l'espoir secret qu'il s'éveillerait. Lorsque le jour pointa, on la retrouva inanimée, lovée contre son homme, le visage enfoui dans son thorax.

Dans un premier temps, personne ne put expliquer de quelle manière elle avait pu mourir. Ce fut seulement lorsqu'on la retourna sur le côté que l'on vit le silex de Kaloum planté dans son cœur.

Gam et Samali se recueillirent un moment sur les dépouilles avant que Dahib ne donne le signal du départ :

— On ne peut pas les abandonner ainsi ! protesta Gam.

— Que veux-tu en faire ? Les morts sont morts. Comme l'a dit l'Errante, ils deviennent poussière.

— Oui, mais avant ils sont dépecés par les hyènes et les charognards.

Mawouko, l'Ancien, intervint :

— Peu importe ! Ils ne peuvent plus souffrir.

— Mon père fut un grand guerrier, et ma mère et lui ne furent qu'un seul être. Si nous recouvrons leurs cadavres, ils ne seront pas considérés comme des animaux. Les animaux n'honorent pas leurs morts.

— Très bien, grogna Dahib, fais comme bon te semble. Mais vite. Bientôt le soleil sera haut et la chaleur, trop forte pour marcher à découvert.

Samali murmura :

— Et maintenant ?

— Aide-moi à ramasser des pierres. Tout ce que tu trouveras.

Quelques instants plus tard, alors que le frère et la sœur s'apprêtaient à recouvrir les corps, Jinda vint vers eux. Elle déposa sur la poitrine de Kaloum et de Larama quelques coquilles d'œuf d'autruche, de petits bracelets composés de dents de cervidés et saupoudra les visages d'ocre rouge.

— Maintenant, annonça-t-elle, ils sont prêts.

Samali désigna les objets.

— Pourquoi ?

Jinda resta silencieuse avant de répondre :

— Pour remercier tes parents d'avoir été parmi nous. Et comme tu l'as dit : pour les différencier des animaux sauvages. Eux non plus ne font pas d'offrande à leurs morts.

Samali voulut l'interroger encore, mais Gam l'arrêta d'un geste de la main.

— Finissons ce que nous avons commencé.

*

Il y eut la saison des pluies, celle de la sécheresse. À travers la brume, Touanga, le fils de Gam et de Jinda, crut entrevoir un faible mouvement parmi les feuillages.

— Regardez ! s'écria-t-il, le doigt tendu. Je crois que c'est un loup.

Gam, affairé à emmancher un cogne-pierre avec de la résine de bouleau, saisit sa sagaie et se redressa.

— Il est rare de croiser des loups ici. En tout cas, ne crains rien. D'habitude, ils ne s'en prennent pas aux humains.

Libellule objecta :

— Oui, mais ils n'hésitent pas à chasser les intrus de leur territoire.

Mawouko, l'Ancien, confirma :

— On m'a même raconté que des loups avaient égorgé d'autres loups pour protéger leur groupe.

Un nouveau mouvement se produisit derrière les feuillages.

— Allons voir ! déclara Gam.

Ils n'eurent pas besoin de chercher longtemps. Accroupis derrière un buisson, ils aperçurent un tout jeune garçon, plus petit de taille que la plupart des Mahalis ou des Harites, le front bas, la mâchoire robuste, le crâne nettement plus allongé. Son physique n'était pas sans rappeler certains hominidés croisés ici et là. Des lambeaux de peau de bête recouvraient son corps décharné. Il avait l'air terrorisé.

Lorsque les hommes firent mine de s'approcher, le petit se recroquevilla et se cacha la tête entre les mains.

— Reculez ! cria Jinda. Vous lui faites peur.

Elle s'agenouilla et d'une voix douce lui murmura des mots ou plutôt des onomatopées. L'enfant ne parut pas réagir. Alors, Jinda lui présenta sa main droite, paume tournée vers le ciel, tout en continuant d'émettre des sons.

Touanga se pencha à l'oreille de son père :

— Qu'espère-t-elle ? Qu'il lui réponde ?

Gam lui intima le silence.

Un temps s'écoula avant que quelque chose de nouveau ne se produise : très lentement, comme s'il craignait de se brûler, l'enfant tendit à son tour la main gauche vers celle de la femme. Il l'effleura, d'abord du bout des doigts, puis leurs deux paumes s'épousèrent.

— C'est bien, dit Jinda avec un sourire.

Elle ajouta :

— Tu dois avoir faim.

L'enfant resta muet.

Elle posa de nouveau la question, mais en la soulignant par des mimiques.

Il parut hésiter, puis opina timidement.

— Alors, viens avec moi.

Elle se releva et l'entraîna vers le camp.

— Tu vois, lança Gam à son fils, ta maman accomplit des choses extraordinaires.

— Je sais. Elle parle même avec l'invisible.

Après avoir installé l'inconnu sous un auvent, Jinda lui offrit des noix et des baies sauvages qu'il dévora immédiatement.

— Depuis combien de lunes n'a-t-il pas mangé ? s'interrogea Jandar.

— Je ne sais pas, mais sûrement plusieurs. Je me demande à quel clan il appartient. Il ne ressemble à aucun de nos enfants[1].

— C'est vrai. Mais ce qui est aussi bizarre, observa Touanga, c'est qu'il ne mange qu'avec la main gauche et garde l'autre fermée.

Gam approuva.

— On dirait qu'il y cache quelque chose.

Il s'approcha du petit qui, aussitôt, se rejeta en arrière.

— Arrête ! s'écria Jinda. Tu vas le faire fuir.

— Je veux juste voir ce qu'il tient dans son poing.

— Dans son poing ?

— Regarde !

Jinda attira l'enfant vers elle sans brusquerie et vit que Touanga disait vrai.

— D'accord, mais il n'est pas question de le forcer. Pas maintenant.

— Comme tu voudras, Ma, mais tu le ménages trop. Après tout, c'est presque un animal.

La femme lui jeta un regard furieux et cracha par terre.

— Laisse, dit Gam, il nous montrera ce qu'il cache quand il le décidera.

1. Il n'est pas impossible qu'il appartînt à un groupe tiers, entre l'*Homo sapiens* et les Néandertaliens.

Brusquement, s'adressant aux hommes des deux clans, il déclara :

— Venez, je veux vous montrer une nouvelle arme, bien plus puissante que celles que nous avons utilisées jusqu'ici.

— De quoi parles-tu ? s'étonna Dahib.

En guise de réponse, Gam se dirigea vers un coin où quelques sagaies étaient disposées sur l'herbe.

À côté de l'une d'entre elles se trouvait un curieux objet. Une tige en bois d'orme de la longueur d'un bras. L'une de ses extrémités formait une sorte de fourche ; l'autre, légèrement recourbée, un butoir.

— Qu'est-ce que c'est ? questionna Jandar.

— La foudre.

Ses amis se dévisagèrent, interloqués.

Sans autre commentaire, Gam ordonna à Touanga :

— Mon fils, tu fais partie de nos meilleurs lanceurs. Je te propose de prendre l'une des sagaies et de l'envoyer aussi loin que tu pourras.

— Pourquoi ?

— Tu verras.

Touanga obtempéra. Il projeta l'arme de toutes ses forces, qui alla se ficher dans un tronc à une dizaine de pas.

Se tournant vers Jandar et les autres, Gam demanda :

— L'un d'entre vous pourrait faire mieux ?

— Moi ! dit Dahib.

Malgré l'âge qui, désormais, affaiblissait ses mouvements, il récupéra une sagaie, inspira et, muscles tendus, visa la même direction que Touanga. La pointe en silex ne se planta guère plus loin.

— Quelqu'un d'autre veut essayer ?

Aucune réponse.

L'Ancien interrogea :

— Je ne comprends pas ce que tu cherches. Veux-tu expliquer ?

Gam acquiesça. Il commença par récupérer la tige en bois, glissa la sagaie entre les deux dents de la fourche, cala la partie extrême contre le butoir, aligna l'ensemble à hauteur de son épaule et, par un effet de basculement et de projection, la sagaie fut propulsée vers la cible. Sous le regard ébahi des hommes, l'arme fendit l'air avec une vitesse extraordinaire, comme jamais ils n'en avaient été témoins. Elle dépassa d'au moins vingt pas les sagaies de Touanga et de Dahib.

— Que… comment… bredouilla Mawouko.

— La foudre, répéta Gam en souriant.

Puis, il expliqua :

— L'idée m'est venue lors de notre dernière chasse, quand le vieux Jandar, qui s'était beaucoup trop rapproché pour lancer sa sagaie, a failli être transpercé par les cornes d'un aurochs. Je me suis cassé la tête afin de savoir comment nous pourrions faire pour nous tenir éloignés de nos proies, tout en gardant la même puissance de tir que celle obtenue quand nous sommes à deux ou trois pas de l'animal.

— En augmentant la portée de nos sagaies ? suggéra Mawouko.

— Absolument.

— Dans ce cas, fit observer Touanga, il faudrait avoir un bras deux fois plus long !

Des rires firent écho à sa remarque.

— Ne vous moquez pas, protesta Gam. Mon fils n'a pas tort. Mais malheureusement nos bras sont comme ils sont. Alors j'ai réfléchi…

— Autant que le jour où tu as trouvé le moyen d'attraper du poisson sans avoir à entrer dans l'eau ? plaisanta Libellule, la fille de l'Errante.

— Presque. Puisque nous ne pouvions pas accroître la longueur de nos bras, il n'y avait qu'à augmenter leur force. Alors j'ai imaginé ce support. Et essayé je ne sais combien de fois avant d'aboutir à ce résultat.

— Étonnant, dit Mawouko, l'Ancien. Je ne sais pas ce que tu as dans la tête, mais elle n'est pas faite comme la nôtre.

Jinda commenta, les yeux clos et avec un air exagérément solennel :

— C'est le souffle de l'Esprit qui est descendu sur lui.

Le soir même, on décida d'attribuer un nom à l'enfant sauvage. Après maintes tergiversations, l'Ancien proposa : « l'Autre », parce qu'il était physiquement différent de tous les jeunes du clan et même des adultes. Pendant les jours qui suivirent, il conserva son poing fermé et plus personne n'essaya de le contraindre à l'ouvrir.

Bientôt, aux steppes incultes succédèrent les savanes. Et la sécheresse avait été remplacée par une douceur humide.

Un jour apparut une rivière ondoyante. Alors les Harites et les Mahalis décidèrent de dresser le camp. C'était la première fois qu'ils voyaient autant d'eau depuis bien des lunes. Serait-ce la vue de l'onde transparente qui courait entre les herbes ? Ou parce qu'il se sentait désormais rassuré ? Ou parce qu'il commençait à comprendre les mots des Harites et des Mahalis ? Toujours est-il que l'Autre alla vers Jinda et articula en présentant sa main ouverte :

— Pour toi.

Une minuscule sphère nacrée était posée au creux de sa paume.

— Où as-tu trouvé ça ? Qu'est-ce que c'est ?

— Lune. Mon… père… moi… donné.

— Ton père ? Et où est-il ?

L'enfant pointa son index vers le sol.

— Il est mort ?

— Mort.

— Et ta maman ?

— Tous… Morts.

Comment un clan entier avait-il pu disparaître ? songea Jinda. Elle appela Gam à la rescousse.

— Regarde, dit-elle, en désignant la sphère nacrée. As-tu déjà vu quelque chose de pareil ?

Gam éluda la question et se pencha vers le garçon.

— Je peux la prendre ? Juste un instant. Je te la rendrai.

L'enfant fit oui de la tête.

— Incroyable, murmura Gam en tenant la sphère entre le pouce et l'index. On dirait…

— Une lune ?

— Oui.

— Couleur de lait, ajouta Jinda en souriant.

Gam parut méditer avant de réciter :

— « Il existe une étendue liquide plus vaste que les plus larges fleuves dont les fonds sont peuplés de lunes couleur de lait. »

Il ajouta, la voix nouée par l'émotion :

— Le lieu existe donc. Nous sommes arrivés.

11

La Porte des Lamentations

Gam se trompait. Ils n'étaient pas arrivés, mais ils ne tarderaient pas. Ils marchèrent néanmoins encore longtemps. Nombreux furent ceux qui s'en allèrent rejoindre leurs ancêtres dans le Pays-qui-n'a-pas-de-nom, parmi lesquels Dahib, le grand chef des Harites, Anjar, la Tortue et celle qu'on surnommait l'Errante. Dès lors, ce fut Gam qui prit la tête des deux clans. De nombreux nouveau-nés virent le jour. Certains ne connurent la vie que quelques heures, d'autres survécurent.

Puis, un matin, quelqu'un poussa un grand cri, entre stupeur et joie. Tous reconnurent la voix de Ragom, le fils de Samali.

Le jeune homme tendait sa main en direction de l'endroit où le soleil se lève. Entre les arbres et les fougères se dessinait à peine une ligne liquide.

— Un fleuve ? s'exclama Gam.

— Un lac ? dit Touanga.

— Ou simplement une rivière, dit Samali.

— Allons voir ! ordonna Gam.

Tous leur emboîtèrent le pas. Mieux, ils couraient. Les femmes, les enfants, et même Mawouko qui, devenu bien ridé, devait s'appuyer sur un bâton pour avancer.

Bientôt, sous leurs yeux éblouis, apparut une étendue marine. Ce n'était ni un fleuve, ni un lac et encore moins une rivière. C'était une mer. Mais, chose surprenante, rougeâtre !

— Elle saigne, observa Barqa. Est-ce normal ?

— Tu dis des sottises, grogna Touanga. L'eau ne saigne pas.

— Ce serait ça, la mystérieuse étendue dont les fonds sont peuplés de lunes couleur de lait ? s'étonna Libellule d'un ton dépité.

— Non, objecta Gam. C'est impossible. C'est…

— Taisez-vous ! s'exclama Ragom. Regardez…

Il pointa son index droit devant, vers l'horizon.

Les Harites et les Mahalis fixèrent le point, mais aussi loin que portaient leurs yeux ils ne voyaient que les flots rougeâtres.

Ragom insista.

Alors, après un long moment, une femme déclara :

— Une rive. Il y a une rive de l'autre côté de cette mer.

Ils scrutèrent l'horizon avec plus d'attention encore et certains, doués d'une vue plus acérée que les autres, confirmèrent.

Gam se tourna vers Ragom.

— Tu mérites le surnom de Celui-qui-voit-l'invisible. Je te félicite.

— Nous sommes bien avancés, grommela Mawouko. À moins qu'il ne nous pousse des ailes, je n'imagine pas comment nous pourrions aller plus loin.

— L'Ancien a raison, reconnut Barqa. Le voyage s'arrête ici. Celui qui a raconté, il y a des lunes et des lunes, cette histoire de contrée merveilleuse a dû rêver.

À peine s'était-il exprimé que le désespoir s'empara de tous ceux qui étaient en âge de désespérer. Les femmes pleuraient tellement qu'ils surnommèrent l'endroit la « Porte des Lamentations[1] ». Et quant à la mer qui les empêchait d'aller plus avant, tous l'appelèrent la « mer Rouge ».

— Plus de gémissements ! ordonna soudain Gam. Nous allons dresser le camp et chasser. Demain, nous aviserons.

*

1. Actuel « Bab-el-Mandeb ». Détroit qui sépare le Yémen de Djibouti.

La lueur des flammes dansait sur le visage de Gam. Il était vieux depuis longtemps mais cette nuit il semblait plus vieux encore.

— Tu crois que Sahar, l'Ancien, aurait menti à Kaloum ? questionna Touanga.

Ce fut sa mère, Jinda, qui répondit :

— Non.

Elle prit Gam à témoin.

— Tu te souviens du soir où je t'ai dit : « Je l'ai vue ! J'ai vu la grande étendue d'eau que décrivait votre Ancien. Celle que tu n'as cessé de me détailler. J'ai aussi vu des animaux à bosse et des troupeaux de gazelles et des petites étoiles qui scintillaient au fond de l'eau » ?

Gam acquiesça mollement.

— Tu vois bien que ce n'est pas le cas. Et cette mer est comme une montagne. Elle est infranchissable. Il ne nous reste plus qu'à faire demi-tour.

— Ce serait une erreur. Au contraire, il faut continuer d'avancer. Nous n'avons pas accompli tout ce voyage pour rien.

Gam poussa un cri d'exaspération.

— Avancer ? Pour aller où ?

Il désigna la mer.

— Comme l'a dit l'Ancien, il faudrait qu'il nous pousse des ailes !

Ne maîtrisant plus sa colère, il enchaîna :

— Tu te perds dans un songe, Jinda ! Comme lorsque tu imagines que les humains continuent de vivre après leur mort, qu'ils s'unissent aux arbres et aux rivières. Comme lorsque tu parles à…

Il chercha le mot.

Elle anticipa :

— L'Esprit. Oui.

— L'Esprit ! Tu l'as invoqué pendant que mon père agonisait. À quoi ça a servi ? Il est mort !

Jinda persista :

— Le lieu existe. Sur l'autre rive.

— Arrête, Jinda !

Le silence retomba, ponctué par les sanglots des femmes.

Touanga suggéra alors timidement :

— Peut-être que Ma a raison. Peut-être que nous devrions franchir la mer ?

Gam lui décocha un regard noir et se leva.

⁂

Il faisait ce matin-là un temps doux, et des bouffées de vent apportaient une odeur étrange que jamais aucun n'avait sentie. Elle venait du large.

Les Mahalis et les Harites tentaient de vaquer à leurs occupations, mais on les sentait vaincus. On montait des auvents, on taillait des silex, certains songèrent à pêcher, mais ils se dirent que les eaux devaient être bien trop profondes. Seuls les enfants paraissaient prendre du plaisir. Ils passaient le plus clair de leur temps sur le rivage à patauger ou partaient à la chasse aux coquillages. Ils en trouvaient de toutes les formes, des conques aussi et, parfois, de curieuses substances dentelées aux couleurs extraordinaires. Pourpre, jaune, vert, bleu, rose. Ou encore entremêlées. À la nuit tombée, ils les rapportaient au camp et les étalaient sur l'herbe comme autant de trophées.

Quand Mawouko partit vers le Pays-qui-n'a-pas-de-nom, personne ne s'en étonna. Il était ridé jusqu'au fond des yeux et ne savait plus marcher. Un autre ancien prit sa place, qui s'appelait Jaranda. Il était connu pour ne s'être jamais accouplé aux femmes, préférant s'unir aux hommes qu'il estimait bien plus beaux et qui jacassaient moins. C'était aussi le cas de quelques femmes qui, à l'instar de Libellule, éprouvaient une inclination pour leurs sœurs. Parfois ces penchants variaient.

Le jour du départ de Mawouko, une grande tristesse s'abattit sur Gam. Comme chaque fois que quelqu'un mourait, il s'interrogeait sur sa propre mort.

— Je crois que je ne verrai jamais cette mer où dorment des lunes de lait, confia-t-il à Jinda. Mon corps me souffle que je vais bientôt rejoindre Kaloum et Larama.

Contre toute attente, Jinda n'afficha aucune tristesse et n'émit aucune protestation.

— C'est ainsi. C'est le sort de tous. Souviens-toi de ce que je t'ai dit le jour du départ de Kaloum : « Les humains continuent de vivre mais on ne les voit plus. Ils s'unissent aux arbres, aux rivières, aux plantes. Ils demeurent parmi nous. Toujours. »

Gam afficha un sourire ironique.

— Dans ce cas, n'oublie pas d'enlacer les arbres et de nager dans les rivières.

Et puis survint ce matin qui resta à jamais gravé dans la mémoire des clans.

Jinda était allée rejoindre les enfants sur le rivage et, comme souvent, elle avait fermé les yeux pendant un moment avant d'amorcer un pas dans l'eau, puis un autre et encore un autre. La fille de l'Errante, Libellule, dut s'en apercevoir car elle poussa un cri qui ameuta tout le monde.

— Elle va se noyer !

Gam et les autres se précipitèrent.

— Où vas-tu ? s'exclama Jaranda, l'Ancien. Arrête !

Indifférente à l'émoi qu'elle suscitait, Jinda continua d'avancer.

À présent, elle avait de l'eau jusqu'à la taille.

Touanga voulut courir vers elle, mais Gam l'arrêta d'un geste de la main.

— Laisse-la. Elle sait ce qu'elle fait. Elle a toujours su.

Jinda progressa dans la mer jusqu'à être submergée à hauteur de sa poitrine. Elle poursuivit. Curieusement, elle avait toujours pied. Bientôt elle fut si loin qu'on devinait à peine sa silhouette. Alors, sous les yeux effarés de Touanga, Gam la suivit.

— Attends-moi ! cria-t-il.

Jinda obéit.

Quand Gam la rejoignit, il ne put que constater l'évidence : la profondeur de la mer semblait figée.

Il murmura :

— Comment saurons-nous si, plus loin, nous ne perdrons pas pied ?

— Si c'est le cas, rétorqua Jinda, impassible, il sera toujours temps de faire demi-tour.

Après une hésitation, Gam se tourna vers ceux qui les guettaient sur le rivage et ordonna :

— Venez ! Que les femmes prennent les bébés sur leur dos et les hommes, les enfants.

*

L'une des premières choses qu'ils découvrirent en mettant le pied sur l'autre rive fut une autre étendue d'eau : un lac. Il n'était pas grand, mais bordé d'une flore luxuriante. Un troupeau d'éléphants y avait fait halte. Alors, oubliant leur fatigue, ils poursuivirent leur marche.

Ils virent encore d'autres lacs, puis des chutes d'eau, puis une multitude de sources.

Très vite, ils s'aperçurent que les proies ne manquaient pas : des buffles en grand nombre, des bouquetins, des aurochs, des zèbres.

À la quatrième lune, ils se réunirent et Gam annonça :

— Je crois que notre voyage est terminé. À voir la faune et la flore qui nous entourent, cette absence de sécheresse, je pense que nous avons atteint le lieu décrit par les Anciens.

Un murmure approbatif s'éleva.

— Que pourrions-nous exiger de plus ? Le climat est doux, et l'air, comme une caresse sur les joues de nos enfants.

Jaranda poussa un soupir de soulagement.

— En ce qui me concerne, que ce soit le lieu ou non, je m'arrête ici. Mes jambes m'ont abandonnée. Un pas de plus, et j'irai rejoindre Mawouko.

— Vous êtes donc tous d'accord ? interrogea Gam.

La réponse fut unanime.

— Oui !

Seul Touanga gardait le silence. Son visage était même fermé. Il jeta un regard discret vers celle qu'il avait prise pour femme à la saison des arbres nus. Elle tenait leur enfant endormi contre elle et le caressait tendrement.

— Qu'as-tu ? questionna Gam, tu ne partages pas notre avis ?

— Non, Pa.

— Explique-toi.

— Quelque chose me souffle que nous n'avons pas atteint notre destination. Je vois bien que nous sommes dans une région beaucoup plus accueillante que celle que nous avons laissée derrière nous. Je vois aussi tous les bienfaits dont elle nous comble. Pourtant, je ne suis pas convaincu que cet endroit soit celui décrit par les Anciens. Lorsque nous avons franchi la mer à gué, l'un d'entre vous a-t-il aperçu ces lunes couleur de lait qu'ils annonçaient ? Ou ces animaux hauts comme les arbres qui se laisseraient chevaucher ?

— Ces lunes couleur de lait, quelle importance ! Et nous pourrions toujours essayer de chevaucher des buffles !

Touanga persista.

— Je suis sûr que nous devrions poursuivre et que…

Un torrent de protestations couvrit la fin de sa phrase.

— Il n'en est pas question !

— Jamais !

— Non !

— Silence ! ordonna Gam en levant la main.

Il se tourna vers son fils.

— Alors ?

Touanga alla vers sa femme. Avant même qu'il n'ouvrît la bouche pour l'interroger, elle déclara :

— Où tu iras, j'irai.

Il apostropha les autres membres des deux clans :

— Y a-t-il quelqu'un qui est prêt à nous suivre ?

Pas une voix ne répondit. Comme venait de le lui rappeler son père, Touanga était seul.

— Très bien, dit-il, ma femme, mon enfant et moi partirons demain à l'aube.

Jinda se jeta littéralement dans ses bras.

— Je t'en prie, mon fils, je t'en supplie, ne nous abandonne pas !

Il serra sa mère contre lui.

— Ne crains rien. Je reviendrai. Aie confiance.

Samali, en larmes, l'adjura à son tour, mais il ne voulut rien entendre. Alors Gam s'approcha de son fils et, sans un mot, détacha puis lui tendit le collier de coquillages qui pendait à son cou :

— Je le tenais de mon père, qui le tenait de son père. Il est à toi, désormais. Prends soin de lui.

Touanga remercia d'un mouvement de la tête.

— Je te promets d'en être digne.

DEUXIÈME PARTIE

12

La transmission

Mille cinq cents ans avant l'ère moderne.

Le vieillard dit :

— C'est ainsi que Touanga quitta ses compagnons pour arriver jusqu'ici avec son fils et sa femme. C'était il y a plus de cent mille ans.

L'adolescent l'interrompit :

— Mais comment connais-tu toutes ces choses ?

Le vieillard haussa les épaules en écartant les mains.

— Parce que je m'appelle Raghad, qui veut dire « le-vieux-qui-sait ». Donc, je sais.

— Vieux, tu l'es sûrement ! Quel âge as-tu ?

— Cent ans ou cent mille ans.

— On ne peut pas être si vieux ! C'est impossible.

— Ne dis jamais : « C'est impossible. » Regarde autour de toi. Regarde-toi. Tu es un miracle. Tu es vivant. Tu n'étais rien. Pourtant tu es bien présent, en chair et en os. Venu de nulle part. Peut-être es-tu sorti du ventre de la terre, de la lune ou du soleil ?

— Du ventre de ma mère !

— Et ta mère, d'où venait-elle ? Et avant ta mère ? Et avant la mère de ta mère ? Il ne faut pas chercher à tout comprendre. Sache aussi une chose…

Raghad fit une courte pause, tandis qu'une lueur mélancolique éclairait ses prunelles.

— La mémoire ne meurt jamais. Un père transmet son histoire à son fils, et ainsi de suite, de génération en génération. Regarde le ciel nocturne et songe à ces centaines de milliers d'étoiles qui scintillent. Chacune d'entre elles est à l'image des hommes. Tant que leur scintillement perdure, elles ne s'éteignent pas. Il en va ainsi de notre destin, il n'est rien d'autre que le prolongement de la vie de ceux qui nous ont précédés. À ton tour, tu transmettras tout ce que je t'ai raconté à ceux qui te succéderont. Ce sera ta manière de scintiller, comme les étoiles !

L'adolescent adopta une moue sceptique.

— Peut-être. Continue.

— Une fois arrivé ici, dans l'oasis où nous nous trouvons en ce moment[1], Touanga a découvert une

---

1. Actuellement village de Al-Hili, dans la partie est de l'émirat d'Abou Dabi, inscrit sur la liste du patrimoine mondial de l'Unesco. Les fouilles ont en effet mis à jour des tombes

faune et une flore luxuriantes, des rivières, des crocodiles, des hippopotames, des gazelles, des autruches, des girafes, des éléphants vingt fois plus grands que tous ceux qu'ils avaient vus, des tortues et surtout des hardes de chameaux sauvages et d'onagres. Si, aujourd'hui, les hippopotames, les éléphants et les crocodiles ont disparu, les chameaux, les gazelles et les onagres sont toujours là.

— Et ensuite ?

— Touanga a eu d'autres enfants et ses enfants, d'autres enfants. Un nouveau clan était né. Ils ont grandi heureux jusqu'au jour où, pour des raisons que j'ignore, certains ont décidé de partir vers l'endroit où le soleil se lève et créé un petit village au pied d'une montagne blanche. D'autres se sont arrêtés sur la côte qui longe l'autre mer parsemée d'îles.

— Et Gam ? Que lui est-il arrivé ?

— Je ne sais pas. Avant de traverser la mer Rouge, il était déjà à bout de forces. Il n'a pas dû survivre longtemps. De même que Jinda, Samali, Ragom, Libellule. Tes ancêtres.

Le vieillard s'interrompit soudain pour demander :

---

datant du IIIe millénaire avant l'ère moderne. Quant à l'oasis, il s'agit d'Al Ain.

— À propos, comment t'appelles-tu ?

— Badr.

— Je m'en souviendrai.

L'adolescent sourit.

— Évidemment. Puisque tu n'oublies rien.

Le jeune homme jeta un regard circulaire. Des bruits confus perçaient l'air chaud et humide.

Des hommes vêtus de courtes tuniques blanches s'affairaient à l'ombre des palmiers-dattiers. D'autres dépeçaient un chameau sauvage qu'ils avaient tué le matin même.

Un peu plus loin, des femmes semaient l'orge et le blé. Il reconnut parmi elles la silhouette de sa sœur aînée, Louna, et leur maman, Malita.

Sur la droite, près du mur en terre crue qui encerclait le village, on apercevait deux tours de guet. Chacune disposait d'un escalier d'argile qui permettait d'accéder au sommet et de surveiller les alentours. En effet, la paix ne régnait pas. Ils subissaient régulièrement les attaques de leurs voisins, les Sakalims, qui les jalousaient et cherchaient à prendre leur place. À la guerre du feu avait succédé la guerre de l'eau, et l'oasis en était largement pourvue.

Plus loin, il y avait le Grand Tombeau circulaire. Un lieu sacré. L'édifice était d'une hauteur quatre fois plus élevée que la taille de Badr. Au-dessus de l'entrée, gravé dans la pierre, figurait un couple qui se tenait la main, surplombé par deux gazelles. Le cœur de l'adolescent se serra soudain à l'idée que ses aïeux reposaient dans ce tombeau ainsi que bien d'autres gens. Alors lui revint cette pensée qui le tourmentait depuis qu'il avait pris conscience de la mort : *Quel est ce fauve invisible qui prend nos vies ? Où se cache-t-il ?*

Comment Badr pouvait-il imaginer que cette même interrogation avait traversé, il y a plus de cent mille ans, l'esprit d'un homme qui s'appelait Kaloum et dont il était le descendant ?

La voix du vieillard le tira de sa songerie.

— Et toi, quel âge as-tu, Badr ?

— Dix-sept ans, peut-être vingt. C'est en tout cas ce que mes parents m'ont dit. J'y pense ! Ne m'avais-tu pas parlé d'une prédiction ?

Il récita :

— « Il y a longtemps, le père de mon père m'a parlé d'une étendue liquide plus vaste que les plus larges fleuves dont les fonds sont peuplés de lunes couleur de lait. »

— C'est exact.

— Ces « lunes couleur de lait », les ont-ils trouvées ?

— Bien sûr. Mais ce n'étaient pas des lunes. Regarde.

Raghad ouvrit la main. Au creux de sa paume il y avait une minuscule boule nacrée et lisse, de couleur laiteuse. Elle émettait des reflets indicibles, éclatants et froids.

— C'est une larme des dieux, dit-il.

Badr écarquilla les yeux.

— Larme des dieux ?

— Tel est le surnom qu'on lui donne. C'est une perle.

— Elle est belle. Où l'as-tu trouvée ?

Raghad soupira.

— Tu as donc oublié ?

— Oublié ?

— Pourtant, à ton âge, la mémoire est encore fraîche.

Il récita à son tour :

— « L'Autre alla vers Jinda et articula en présentant sa main ouverte :

"Pour toi."

Une minuscule sphère nacrée était posée au creux de sa paume.

"Qu'est-ce que c'est ?"

"Lune. Mon… père… moi… donné."

Elle appela Gam à la rescousse.

"Regarde, dit-elle, en désignant la sphère nacrée. As-tu déjà vu quelque chose de pareil ?"

Gam éluda la question et se pencha vers le garçon.

“Je peux la prendre ? Juste un instant. Je te la rendrai.”

L’enfant fit oui de la tête.

“Incroyable, murmura Gam en tenant la sphère entre le pouce et l’index. On dirait…”

“Une lune ?”

“Oui.”

“Couleur de lait, ajouta Jinda en souriant.” »

Badr balbutia :

— Tu veux dire que cette… (il chercha le mot) perle est la même que celle qui appartenait à ce garçon qu’on appelait « l’Autre » ?

Raghad confirma.

— Impossible !

Il répéta :

— Impossible !

— Dois-je te le répéter ? Ne dis jamais : « C’est impossible. » Ce qui nous semble impossible un jour ne l’est plus le lendemain.

— Les perles, elles vivent dans l’eau ?

— Elles sont nichées dans un coquillage qu’on appelle « huître ». Le soleil la féconde quand elle est entrebâillée. Et la perle vient au jour.

— Elles ont toutes la même couleur ?

— Presque toutes. C’est le ciel qui les peint. Elles sont nuageuses ou limpides selon le temps qu’il fait. Si gronde un orage, l’huître, frappée de terreur, se ferme. Sache aussi que les perles vivent en groupes sous la direction d'une reine, comme les abeilles. Si l'on parvient à saisir la reine, alors ses sujets perdus se laissent prendre…

Badr fit de grands yeux.

— Tu n'es pas sérieux !

Raghad se mit à rire.

— Non, mon petit. Ce sont évidemment des légendes. Certains pêcheurs affirment que la perle se forme si un grain de sable se glisse dans la coquille. Alors, pour se défendre contre ce corps étranger, l'huître l'entoure d'une substance à reflets irisés. Elle y dépose plusieurs couches et, peu à peu, le grain de sable devient perle.

— Je peux la toucher ?

— Bien sûr, puisqu'elle est à toi désormais. Garde-la précieusement. Elle est rare.

Un éclat de bonheur illumina les yeux du garçon.

Il scruta la perle comme on détaille un trésor, et murmura :

— Les larmes des dieux. C'est incroyable.

Il questionna très vite :

— Sais-tu où on en trouve ?

— Je crois. En face de la côte, près de l'Île aux Perles[1].

1. Marawah. Le long de la côte d'Abou Dabi.

— L'Île aux Perles. Alors, un jour, j'irai en cueillir. Je…

Une voix tonitruante l'interrompit. Un homme de petite taille, le visage émacié, venait d'apparaître.

— Mon fils ! Où étais-tu passé ? Je te cherche partout. Ne devais-tu pas me rejoindre ?

Badr bredouilla :

— Pardon, père, mais… je… parlais avec cet homme.

— Un homme ? Quel homme ?

L'adolescent chercha Raghad des yeux. Il ne vit que des arbres et du sable.

— Mais… mais ! Il y avait un homme ici ! Un vieillard…

— Tu vois bien qu'il n'y a personne.

— Je t'assure, père ! Il m'a même dit qu'il s'appelait Raghad !

— Raghad ? Chez nous, les Ajilans, il n'y a personne de ce nom. Es-tu sûr de n'avoir pas rêvé ?

— Mais non ! Nous avons discuté très longtemps.

— Parlé de quoi ?

— Des Anciens, de nos ancêtres, des Mahalis, des Harites, ceux qui, un jour, traversèrent le détroit !

Hanou – c'était le nom du père – prit son visage entre ses mains en signe de dépit.

— Ce sont des histoires qu'on raconte le soir au coin du feu. Des sottises ! Allez, viens. Nous avons du travail.

Le visage de Badr s'empourpra. Il brandit la perle sous les yeux de Hanou.

— Et ça, père ! C'est un conte ?

— Que… qu'est-ce ?

— Le vieillard qui n'existe pas me l'a donnée. Il m'a affirmé qu'on la trouve au fond de la mer.

— Étrange.

Décontenancé, Hanou saisit la sphère, l'étudia puis il la rendit à son fils.

— Nous allons la montrer à l'Ancien. Peut-être saura-t-il nous expliquer. Viens !

13

L'ombre de l'Errante

Hanou poussa la porte de la petite maison en briques crues et fit signe à Badr de le suivre. À l'intérieur, le mobilier se limitait à une jarre, emplie d'eau, une table, un tabouret et une natte sur laquelle un homme était allongé. Sur le sol, on apercevait une flaque d'urine.

— Que se passe-t-il ? s'inquiéta Hanou. Tu es malade ?

L'homme répondit par des gémissements. Il avait l'œil hagard et les muscles de sa mâchoire étaient contractés, durs comme de la pierre. Entre ses lèvres coulait une écume rosâtre et blanche. Dans une ultime crispation, il poussa un hurlement et perdit connaissance.

Badr s'exclama, affolé :

— Il est mort ?

— Non, il respire. Va appeler le guérisseur. Vite !

Bouleversé, l'adolescent se rua à l'extérieur en criant à tue-tête le nom de Zakour. Il trouva l'homme assis sur la margelle d'un puits.

— Viens ! L'Ancien se meurt.

Le dénommé Zakour ne posa pas de questions. Il récupéra prestement une besace qui se trouvait à ses pieds et emboîta le pas à Badr.

Dès qu'il fut auprès du malade, il comprit les raisons de son état. Il récupéra une spatule en bois dans sa besace puis, posément, mais le geste ferme, il desserra la mâchoire de l'Ancien et glissa l'objet entre ses dents. Il était temps. À force de mordre sa langue, celui-ci n'allait pas tarder à s'étouffer dans son sang.

— Ce n'est rien, déclara-t-il, tout en extirpant de sa besace quelques herbes.

— Rien ? s'écria Badr, étonné.

Zakour éluda la question et glissa les herbes entre les lèvres de l'Ancien.

— Que lui donnes-tu ?

— Laisse faire, dit Hanou. Zakour sait le pouvoir des plantes.

— Il ne va pas tarder à recouvrer ses sens, annonça le guérisseur. Ce n'est pas la première fois qu'il est frappé par le mal-d'en-haut.

— Tu veux dire par les dieux ? questionna Hanou.

Zakour sourit.

— Les dieux ont d'autres choses à faire que de punir les humains. Les…

La voix du malade l'interrompit.

— Qu'est-il… Que se passe-t-il ?

— Tout va bien. Tu as encore eu une de tes crises. C'est fini. Je t'apporterai ce soir de nouvelles herbes et tu en feras une décoction que tu boiras tous les matins aussi longtemps que tu vivras. Tu ne guériras jamais, mais le breuvage espacera les jours de mal.

L'Ancien se redressa et s'adossa au mur. C'est alors qu'il se rendit compte de la présence de Hanou et de son fils.

— Que faites-vous là ?

— Nous étions venus te rendre visite.

— Tu devrais les remercier, nota Zakour avec un sourire. S'ils ne m'avaient pas alerté, tu serais sans doute parti rejoindre tes ancêtres.

— Que me voulais-tu ?

Hanou ordonna à son fils :

— Montre-lui.

Badr lui confia la perle.

L'Ancien la fit rouler entre ses doigts dans la lumière et déclara :

— Je n'ai jamais vu ce genre d'objet de toute ma vie. Et pourtant j'ai vécu.

— Jamais ? insista Badr.

— Puisque je te le dis.

— Moi, je sais ce que c'est, intervint le guérisseur. C'est une perle. J'en ai une dizaine chez moi.

Comme ses interlocuteurs le dévisageaient, bouche bée, il expliqua :

— Il y a longtemps, j'ai soigné un homme venu rendre visite à sa famille. Il arrivait de la côte. Un pêcheur. Il me les a offertes en remerciement de mes soins. Comme j'affichais ma perplexité, il m'en a expliqué l'origine en assurant qu'elles avaient beaucoup de valeur, autant que de l'or. Il m'a aussi raconté qu'ils étaient quelques-uns à se consacrer à cette activité. Quand il est reparti, j'ai bien tenté de monnayer son présent, mais personne n'en a voulu.

— D'où venait-il ? s'enquit Badr, le regard tout à coup lumineux.

— De l'Est. À quelques jours de marche d'ici. Au bord de l'autre mer. Je n'en sais pas plus.

Soudain, les mots du vieillard revinrent à l'esprit de Badr.

Ils ont grandi heureux jusqu'au jour où, pour des raisons que j'ignore, certains ont décidé de partir vers l'endroit où le soleil se lève et créé un petit village au pied d'une montagne blanche. D'autres se sont arrêtés sur la côte qui longe l'autre mer parsemée d'îles.

— Ce sont de belles histoires, commenta Hanou, mais elles ne vont pas résoudre nos problèmes d'irrigation.

Il se tourna vers son fils et poursuivit :

— Nous avons beaucoup à faire.

— Tu continues à creuser tes canaux ? interrogea Zakour. Quand penses-tu finir ?

— Quand ça finira.

— Il fait très bien, approuva l'Ancien. C'est grâce à lui que nous sommes vivants aujourd'hui. Va, Hanou, poursuis ta tâche. Elle est plus que noble.

*

L'Ancien disait vrai.

Depuis des siècles, l'eau suivait une pente progressive le long des flancs de la montagne jusqu'au cœur de l'oasis et se perdait dans la terre.

Un jour, Hanou et ses compagnons s'aperçurent qu'elle émergeait par endroits sous forme de petits ruisseaux. Après réflexion, Hanou avait imaginé qu'ils pourraient creuser un réceptacle qui leur permettrait d'abreuver le sol et donc de l'ensemencer. Alors, à l'aide de râteaux en bois et de pelles fabriquées avec des omoplates de chameau, toute la tribu des Ajilans s'était mise à la tâche. Leurs efforts avaient été récompensés. À environ 90 pieds de profondeur, l'eau coulait à profusion. Ils s'empressèrent de creuser ce qui était appelé un puits.

Ils auraient pu s'en contenter.

Ce ne fut pas le cas.

Un soir, alors qu'ils étaient réunis autour du feu, Hanou déclara :

— Je crois que sous la terre coule bien plus d'eau que nous ne l'imaginons.

La tribu fit silence et attendit la suite.

— Si nous creusons un second puits, dans le prolongement du premier, nous pourrions les relier par une saignée et irriguer une plus grande surface et ainsi développer de nouveaux champs.

Ses compagnons le dévisagèrent, dubitatifs.

— Creuser une saignée ? se récria l'un d'entre eux. Es-tu conscient de la difficulté ?

Hanou avait souri.

— Mon ami, on ne rassasie pas un chameau en lui donnant à manger à la cuillère. Si nous voulons nourrir nos enfants, et leurs enfants, ce sera en développant les cultures. Et pour cela, il faut de l'eau.

— Mais comment créer une saignée ?

— En creusant, tout simplement.

— Il a raison, approuva l'Ancien. C'est une idée excellente.

Malgré la réticence de certains membres de la tribu, ils se mirent au travail. Avec les modestes outils dont ils disposaient, ce ne fut pas facile. Ils avaient commencé les travaux quand les feuilles des arbres étaient vertes ; ils les achevèrent quand elles devinrent ocre.

C'est à ce moment-là que Hanou proposa :

— À présent que nous savons comment faire, pourquoi ne pas creuser un troisième puits et une deuxième saignée ?

Contre toute attente, il n'y eut aucune protestation.

Et naquit un nouveau puits. Puis une nouvelle saignée.

Et l'oasis se mit à chanter[1].

Du revers de la main, le père de Badr essuya la sueur qui perlait à son front et tendit une pelle à son fils.

— C'est ici qu'il faut creuser.

— Pourquoi ici et pas ailleurs ?

— Parce qu'il n'est pas possible de creuser un canal de quelque longueur que ce soit, si l'on n'est pas sûr de la présence des eaux souterraines. Après

1. Bien des siècles plus tard on appellera ces canaux d'irrigation les *aflâj* (*falâj* au singulier). Ils sont reconnus comme étant l'un des plus anciens systèmes d'irrigation existant au monde. La précision de leur structure a même conduit à un mythe selon lequel ce seraient des djinns qui les auraient creusés. Quatre puits datant de l'âge du bronze ont été découverts dans le quartier Hili à Al Ain.

de longues journées passées à étudier le sol, j'ai acquis cette certitude.

Badr poussa un soupir et s'exécuta. Il avait toujours été conscient de l'importance de ces travaux, mais il les trouvait monotones et fastidieux. Aujourd'hui, plus que jamais. En vérité, depuis sa conversation avec le mystérieux vieillard, une idée l'obsédait. Partir. Partir vers cette autre mer. Là où dorment les larmes des dieux.

*

Louna, qui venait de mordre dans une datte, faillit s'étouffer.

— Quoi ? s'écria-t-elle en dévisageant son frère avec effarement. Répète ! Tu veux être pêcheur ?

— Pêcheur de perles, rectifia Badr.

— Mais ça n'existe pas !

— Si.

— Tu ne sais même pas nager ! fit remarquer leur mère, Malita. Comment feras-tu ? D'ailleurs, qu'est-ce qui t'a mis cette idée en tête ?

— Un vieillard sorti de son imagination, ricana Hanou.

— Père, tu as bien vu la perle. Elle ne m'est pas tombée des nuages.

Hanou répliqua :

— Nous ne sommes pas des nomades ni des pêcheurs, mais des agriculteurs et des pasteurs. Voilà notre vie.

— C'est vrai. Mais…

— Imaginons que tu en trouves, des perles, ironisa Louna. Tu comptes les manger ?

— Esprit stupide ! Je les échangerais bien évidemment !

— Contre quoi ? Qui pourrait vouloir troquer une petite boule ridicule ?

Badr prit une datte et opta pour le silence.

La ressemblance entre le frère et la sœur était si grande qu'on eût pu les croire jumeaux. Même visage ovale, même forme des lèvres. Avec cependant une différence notable : Louna avait des yeux bleus. C'était la seule de toute la tribu à posséder cette caractéristique et nul n'en connaissait la raison. Dans les premiers jours de sa naissance, elle avait été un objet de curiosité. Chacun voulait venir l'admirer. Chacun y allait de son explication. Mais, avec le temps, on s'était habitué.

— Mon enfant, tu as du sable dans la tête, soupira Malita. Songe plutôt à te marier, à fonder une famille.

— Je t'aime, mère. Mais j'ai besoin de vivre autre chose que de creuser des puits et des saignées. Je ne veux pas passer mon existence à faire paître des chèvres et des moutons ou à semer. J'ai besoin de découvrir à quoi ressemble le monde, hors de l'oasis. D'ailleurs, je ne serais qu'à quelques jours de marche d'ici. D'autres avant nous ont accompli un voyage beaucoup plus long.

— D'autres ? releva Malita. De qui parles-tu ?

— De nos ancêtres, les Mahalis et les Harites, je…

— Il suffit ! Combien de fois devrai-je te répéter que ce sont des histoires de conteur ? Les mêmes dont nous abreuve l'aveugle, Rassid, le soir, à la veillée.

Le visage de Badr afficha une expression grave.

— Je les ai vus, père. J'ai vu les traces que les Harites et les Mahalis ont laissées.

Hanou fronça les sourcils.

— Absolument. Au pied de la montagne. Des silex. Plus personne de nos jours ne taille ces pierres. Ce qui prouve que…

— Rien ! Cela ne prouve rien. Nous sommes ici depuis la nuit du monde, et nous ne venons de nulle part. Ça suffit maintenant.

À court d'arguments, Badr se résigna.

Le repas terminé, il quitta la pièce et, sans un mot, sortit de la maison. Une fois à l'extérieur, il se laissa choir au pied d'un palmier, les yeux rivés sur les étoiles. Comme Kaloum avant lui, elles le fascinaient. Comme Kaloum, il s'interrogeait. D'où provenaient ces lumières ? Et pourquoi la nuit ?

Brusquement, la voix de son père le tira de sa méditation.

— Tu es sérieux ? Tu veux vraiment aller chercher des perles ?

Autour d'eux montaient des parfums étranges brassés par l'air du soir. La pleine lune flottait dans le ciel. C'était la même qui avait éclairé les Harites, les Mahalis et les autres hommes depuis l'aube du monde.

— Tu ne réponds pas ?

— As-tu déjà rêvé, père ?

— Bien sûr ! Quelle question.

— Je parle d'un rêve en particulier, celui que l'on fait lorsqu'on est éveillé.

Hanou se mit à rire.

— Cela n'existe pas !

— Pourtant, la perle que m'a donnée le vieil homme auquel tu ne crois pas est mon rêve éveillé.

Badr se tut brièvement, puis :

— Oui, père. Je veux être pêcheur de perles.

Le regard de Hanou s'assombrit.

— Tu sais ce que cela signifie, j'imagine. Tu devras ne plus compter que sur toi. Là où tu vas, je ne pourrai rien.

Badr hocha la tête.

— Alors j'apprendrai à grandir.

Après qu'il eut fixé son fils un long moment, il décrocha le collier de coquillages qui pendait à son cou :

— Je le tenais de mon père, qui le tenait de son père et du père de son père. Il est à toi, désormais. Prends soin de lui.

14

Les larmes des dieux

Une dizaine d'embarcations tanguaient doucement le long de la jetée et, par endroits, leurs voiles en peau de chèvre masquaient l'horizon. Dans le ciel se mêlaient des senteurs d'épices, tandis qu'au cœur du marché tout proche, des porteurs dégoulinants de sueur chargeaient et déchargeaient des ballots. Voilà bien longtemps que des marchands se donnaient rendez-vous pour troquer ou vendre leurs produits : de la résine, du bitume, des pierres semi-précieuses, de l'ivoire et du bois de rose. Debout, sur l'embarcadère, torse nu, Badr semblait défier le soleil.

À perte de vue, la mer turquoise offrait une apparence inoffensive. Mais les vieux pêcheurs n'étaient pas dupes. Des années de plongée leur avaient enseigné que la mer était traîtresse, jalonnée de dangers. Voilà plus de deux mois qu'ils se préparaient au grand départ, car on ne pêchait les perles que lorsque les eaux étaient suffisamment chaudes, qu'apparaissaient les calamars à leur surface, que l'on entendait le chant strident des criquets et que se levait le vent du nord-ouest. En attendant ce jour, les hommes consacraient leur temps à assurer l'étanchéité des carénages, à effectuer d'éventuelles réparations et à refaire les pleins d'eau et de nourriture.

— Tu es prêt, Badr ?

Le jeune homme leva les yeux vers celui qui venait de l'interroger.

— Oui, Sankô.

Sankô était le plus grand des pêcheurs de perles et Badr avait eu le bonheur d'être pris sous son aile. Après avoir marché plusieurs jours vers l'est, il était au bord de l'épuisement lorsqu'il était arrivé en vue de cette « étendue liquide plus vaste que les plus larges fleuves ». Il s'agissait d'une mer turquoise aux eaux cristallines qui semblait n'avoir que l'horizon pour limite[1].

À bout de forces, il s'était écroulé sur le sable. Combien de temps avait-il dormi ? Plus d'une nuit sûrement et il eût pu continuer à sommeiller si une voix ne l'avait apostrophé.

— Eh ! Toi ! Que fais-tu là ?

À contrejour, un homme se tenait debout ; ou plutôt un géant. Il avait un visage d'aigle, un

1. L'actuel golfe Arabe (ou Persique).

nez busqué. Un bandeau noir couvrait son œil gauche.

Badr balbutia :

— Je… je me reposais. J'arrive de l'oasis. J'appartiens à la tribu des Ajilans.

— À pied ?

— Oui.

— Seul ?

Le jeune homme opina.

— Qui cherches-tu à fuir ?

— Personne.

— Tu mens ! Nul ne fait un tel voyage sans raison.

— J'en ai une. Je veux être pêcheur de perles.

Le géant éclata d'un rire tonitruant.

— Es-tu sûr qu'un faucon n'a pas dévoré ton cerveau ? Pêcheur de perles ? Sais-tu ce que cela signifie ?

Badr baissa les yeux.

— Pêcheur de perles n'est pas un métier. C'est de la passion. C'est de l'amour. À la place du cœur, ce sont les larmes des dieux qui battent dans notre poitrine. C'est un travail qui détruit l'homme. Tous ceux qui pratiquent la plongée souffrent de maux d'oreilles, quand ils ne deviennent pas sourds. Bien qu'ils ne restent pas longtemps sous l'eau, nombreux sont ceux qui, à la longue, remontent avec du sang qui leur sort par le nez. Les poissons menuisiers, les poissons ailés, les poissons tueurs, et…

S'interrompant, il remonta sa tunique, laissant apparaître une horrible cicatrice le long de sa jambe gauche.

— C'est le souvenir que m'a laissé un requin.

Il plaqua sa main sur le bandeau qui couvrait son œil.

— Une murène !

Il se tut pour scruter le visage de Badr, puis ajouta :

— As-tu de la famille ? Une mère ? Un père ?

— Oui, dans l'oasis.

— Ton père est au courant de ta présence ici ?

Badr fit oui de la tête.

— Je l'ai supplié.

— Je vois. Alors, il ne t'aime pas ou il t'aime trop. Et comment t'est venue cette envie d'être pêcheur de perles ? Il n'y a pas de mer proche de l'oasis. Selon ce qu'on raconte, vous n'êtes que des agriculteurs. Qui t'a mis ça dans la tête ?

Lentement, Badr glissa sa main dans sa tunique, en sortit la perle.

— Elle.

Il crut utile de préciser :

— Un vieil homme me l'a offerte.

— Un œil de poisson.

— Non, une perle ! Une larme des dieux.

— C'est aussi le surnom qu'on lui donne.

Le géant médita quelques instants avant d'annoncer sans transition :

— Mon nom est Sankô.

— Le mien est Badr.

— As-tu un endroit où dormir ?

— Non.

— Alors tu vas habiter chez moi.

Le jour même, il l'emmena dans une petite maison faite de briques crues blanchâtres avec un toit de palmes, non loin de la mer. Très vite, l'adolescent fut étonné du confort qui régnait à l'intérieur. Le sol était recouvert de nattes. Il y avait deux sièges. Une grande jarre fabriquée dans une pâte jaunâtre. Sur l'un des murs couraient des planches sur lesquelles étaient rangées des statuettes et diverses poteries. Deux grands coffres en bois ciselé étaient alignés contre le mur.

— C'est là que tu dormiras, déclara Sankô.

Il indiqua une seconde pièce sur laquelle était étendu un grand tapis.

— Et moi ici, avec Mira.

— Ta femme ?

— Je n'ai plus de femme. Elle est décédée il y a bientôt cinq ans. Mira est ma fille. Je crois qu'elle a ton âge. Ou est un peu plus jeune. Après la mort de ma femme, ma sœur, Nali, s'est proposée de l'accueillir. Je n'ai pas eu le choix. Je ne pouvais m'occuper d'elle. Mais elle ne vit pas très loin. Elle habite sur l'Île du Feu. Là où réside le prince. Elle travaille à son service, comme servante.

Badr écarquilla les yeux.

— Le prince ?

— Parfaitement. Aswar, c'est son nom. C'est lui qui règne sur notre région dont l'Île de Feu est la capitale[1].

Il marqua une pause et mit les mains sur ses hanches.

— Je te pose de nouveau la question : es-tu certain de ce que tu veux ?

— Certain. Mais…

— Quoi donc ?

— Je ne sais pas nager.

Sankô ouvrit grand son seul œil valide et fut pris d'un fou rire.

— Tu ne sais pas nager !

— J'apprends vite. J'apprendrai.

Le géant dévisagea Badr, comme dépassé.

---

1. Anciennement Umm an-Nar (la Mère du Feu). De nos jours Al-Nakhl. Les fouilles ont démontré que l'île a servi de capitale et de port lorsque le cuivre de Magan (Oman) commença à être exporté il y a environ 3 000 ans.

— Au fond, je vais te dire la vérité. Tu m'intéresses. Je n'ai jamais rencontré quelqu'un ne sachant pas nager qui voulait devenir pêcheur ! J'en ai croisé tellement qui nageaient comme des poissons, mais qui étaient incapables de remonter quoi que ce soit. Oui, tu m'intéresses, Badr. Toutefois, je veux que tu retiennes encore quelque chose.

Sankô prit une courte inspiration et enchaîna :

— Si, en venant ici, tu imaginais faire fortune, tu te trompes. Sache que, comme tous les pêcheurs, tu seras endetté jusqu'à la fin de ta vie et, après ta mort, ta dette sera transmise en héritage à ta famille.

— Endetté ? Pourquoi ?

— Parce que, pour pêcher, il faut un bateau, et comme tu n'auras jamais les moyens d'en acquérir, tu dépendras de son propriétaire. Celui-ci accordera une avance au capitaine – moi, en l'occurrence – qui, à son tour, en accordera une aux pêcheurs. Et il est rare de voir le profit de la vente des perles compenser cette avance. Un plongeur ne reçoit presque jamais, au cours d'une année, un montant qui suffit à éteindre sa dette. Tu comprends ?

— Oui. Enfin non… Peu importe. Le peu que je gagnerai suffira à me combler et à combler ma famille.

— Je t'aurai prévenu.

C'était ainsi que, sous la tutelle de Sankô, Badr avait fait son apprentissage. Aujourd'hui, il était prêt.

— Je ne l'ai jamais dit, murmura-t-il, je te remercie pour tout ce que tu as fait pour moi.

— On ne remercie que les étrangers ! Et…

Sankô allait poursuivre, lorsque soudain résonna un étrange chant récitatif entonné par l'un des pêcheurs. Les yeux mi-clos, celui-ci articulait les paroles comme autant de mots sacrés. Presque aussitôt, ses compagnons lui répondirent par un air languissant, lancinant, qui rappelait la cadence du bateau sur le mouvement des vagues. Ils s'accompagnaient de claquements de mains, alors que l'un d'entre eux marquait le rythme en tapant sur une jarre vide. Les paroles évoquaient la vie quotidienne des marins, les dangers, et des implorations aux dieux afin qu'ils leur accordent leur protection. Il y avait quelque chose de si fascinant dans ces modulations, de si envoûtant, que même le ciel là-haut ne pouvait rester insensible.

Un homme d'un âge avancé, replet et chauve, s'approcha de Sankô. Il boitait et devait s'appuyer sur un bâton. Certains affirmaient qu'il avait été pêcheur il y a longtemps et que, lors d'une plongée, il avait croisé une méduse à crinière de lion. Qu'il fût encore vivant tenait du miracle.

— C'est l'heure d'embarquer, déclara-t-il. Que le dieu de la mer t'accompagne.

— Je te remercie, Arkan. Mais permets-moi de te rappeler nos conditions : un cinquième des bénéfices pour mes hommes.

L'homme grimaça.

— Tu es dur en affaires, Sankô. Tu sais bien qu'une fois mes dépenses payées il ne me reste pas grand-chose…

— Arkan, une parole est une parole !

— D'accord. Un cinquième. Allez ! Et revenez riches !

Sankô fit signe à Badr de le suivre et cria un ordre. Cinq pêcheurs se hissèrent à bord de l'embarcation. Et les vagues s'écartèrent devant la proue en soulevant des dentelles d'écume.

Sous l'œil émerveillé de l'adolescent, la mer défila. La mer et ses mystères. Qu'y avait-il sous la surface ? Quel monstre ? Quel trésor ? Pourquoi l'eau était-elle salée ? D'où venait le vent ? Même les plus vieux marins ne connaissaient pas les réponses.

Il s'adossa au mât.

Il fallait être patient. Le voyage serait long, mais tout au bout il verrait les pâturages de perles.

*

— Nous sommes attaqués ! alerta une voix.

Aussitôt, toute la palmeraie et le village furent en ébullition. Les femmes et les enfants se cloîtrèrent dans les maisons, les hommes s'armèrent de leurs haches et de leurs épées.

Hanou ordonna à Malita :

— Enferme-toi avec Louna et ne sortez que lorsque je viendrai vous chercher !

— Père, je t'en conjure. Viens avec nous, tu…

— Silence, ma fille ! Tu ne comprends donc pas ?

Il désigna le grand tombeau circulaire et poursuivit, la voix tremblante :

— Ici reposent les cendres de nos aïeux. J'ai pour devoir de les protéger. Un jour, quand nous ne serons plus, d'autres hommes chercheront à leur tour à nous voler notre terre. Ils sauront qu'en face d'eux se tiendront des lions !

Louna répéta entre deux sanglots :

— Père… je t'en supplie…

Hanou n'écoutait plus. Il était parti rejoindre les guerriers prêts au combat.

Ce n'était pas la première fois que la tribu des hommes venus du désert tentait de conquérir l'oasis. Régulièrement, ils se livraient à des attaques, et régulièrement ils étaient repoussés. Mais cette fois, ils paraissaient beaucoup mieux armés, et en plus grand nombre.

À présent, par-dessus les palmiers, les flèches pleuvaient et s'entrecroisaient. Les clameurs devenaient assourdissantes et bientôt l'odeur du sang se mêla à celle du sable. Les assaillants faisaient songer à des spectres se livrant à une danse macabre qui ne tarda pas à se transformer en une mêlée furieuse. Enflammés de rage, les adversaires refusaient de céder. Ce n'est qu'au crépuscule, quand les couleurs de la terre virèrent au violet, que les hommes du désert décidèrent de battre en retraite.

Les Ajilans poussèrent des cris de victoire en levant le poing au ciel. L'oasis était sauvée. Bien qu'il y eût de nombreuses pertes, la vie avait triomphé.

La vie, mais pas celle du plus vieux d'entre eux. Pas celle de l'Ancien. On trouva son cadavre étendu sur le dos, une lance plantée dans sa poitrine.

Aux larmes de joie succédèrent les larmes de tristesse de Malita et de Louna et de toute la tribu. Peut-être, sur son bateau, Badr entendit-il leurs plaintes.

*

Sankô tendit au jeune homme une petite pince en corne et des protège-doigts en cuir.

— Comme je te l'ai enseigné, tu vas placer la pince sur tes narines et enfiler ces protections pour ne pas t'abîmer les mains. Je vais t'attacher une pierre à la cheville, ainsi, tu n'auras aucun mal à glisser vers le fond. Prends aussi cette musette. Tu y déposeras les huîtres que tu auras cueillies.

Badr se laissa faire, mais quand Sankô saisit une autre corde pour la nouer autour de sa taille, il protesta.

— Mais je sais nager maintenant !

— Moi aussi, je sais nager, reste que la prudence l'exige. Au cas où tu te sentirais fatigué et que tu souhaiterais remonter à la surface, tu n'auras qu'à tirer sur la corde. L'un de nos camarades te fera revenir aussitôt.

Sankô prit la main du jeune homme et tous deux s'approchèrent du bord de l'embarcation.

— On y va ?

— On y va !

Entraînés par le poids de leur pierre, ils disparurent sous les flots en soulevant un nuage d'écume. Les autres pêcheurs ne tardèrent pas à les suivre.

Alors que Badr glissait vers les fonds, des vibrations faisaient frémir tout son être, tandis que son cœur était submergé d'allégresse. On eût dit que c'était la mer qui lui avait donné la vie. Lorsque le souffle vint à lui manquer, il se délesta de la pierre et, bien que sa musette ne fût remplie qu'à moitié, il remonta vers la surface.

Une fois à bord, il constata qu'il était le premier. Sans doute les autres, plus expérimentés, étaient-ils capables de tenir plus longtemps sous l'eau.

Après un moment qui parut une éternité, ceux-ci jaillirent à leur tour. À cause de la pince sur leurs narines, ils faisaient penser à des oiseaux sous-marins remontant leur proie du tréfonds de la mer. Un chœur entama un air joyeux au moment où on les hissait à bord. Un homme se mit à taper en rythme sur un pot d'argile.

— Alors, comment te sens-tu ? s'informa Sankô.

— Je me sens heureux !

Autour d'eux, les pêcheurs avaient déjà commencé à ouvrir les mollusques à l'aide d'un couteau et à faire le tri.

Sankô expliqua :

— Il faut que tu saches que les yeux de poisson les plus estimés ne sont pas toujours ceux que recherchent les marchands, car nombre d'entre eux ne sont pas suffisamment riches pour les acheter. Ils se rendent acquéreurs des perles de moindre qualité en espérant surtout s'enrichir grâce à une trouvaille miraculeuse.

— C'est-à-dire ?

— Les perles sont formées de couches de nacre successives. Il est possible de racler délicatement la surface. Le résultat peut amener une agréable ou une mauvaise surprise selon que la formation consiste en pure nacre ou en poussière. Des perles peuvent passer de main en main sans que personne ne décèle leurs qualités secrètes. La perle que tu m'as montrée le jour où nous nous sommes rencontrés appartient aux plus belles. Mais j'y pense, tu ne m'as jamais dit qui te l'a donnée. Tu as seulement parlé d'un vieillard.

— C'est exact. Il s'appelait Raghad.

— Un pêcheur ?

— C'est une histoire compliquée. Si je te la raconte, me promets-tu de ne pas te moquer ?

— Non. Mais essaye quand même.

Et le jeune homme relata en détail le récit du vieillard. Il parla des Mahalis, des Harites, des exploits de Kaloum et de Gam et enfin de Touanga, le premier qui, apparemment, se serait aventuré jusqu'à l'oasis et peut-être même jusqu'ici.

Sankô avait écouté jusqu'au bout et n'avait pas souri.

— Ton histoire n'est rien qu'un conte. Pourtant, elle contient du vrai. Non loin, à quelques heures de marche, existe effectivement une montagne blanche. Je l'ai longée en bateau. L'un des pêcheurs qui m'accompagnaient m'a affirmé s'y être rendu un jour et y avoir vu d'étranges vestiges[1].

— Donc ce n'est pas un conte, objecta Badr.

— Peu importe. L'essentiel est que toi tu y croies. En tout cas, tu m'as appris des choses que j'ignorais.

— Tu m'en as appris bien plus, Sankô !

C'était vrai. Il en avait appris depuis qu'il était là. Il avait noté, entre autres, qu'ayant la fonction de capitaine, Sankô était quelqu'un d'important. C'est lui qui, à la fin de la saison, répartissait les gains découlant de la vente des perles selon la fonction de chacun des membres de l'équipage.

À sa grande surprise, il avait aussi découvert que le serpent était considéré par les gens de la côte comme un animal sacré. Lorsqu'il s'en était étonné, Sankô lui avait confié : « On raconte qu'un serpent et un aigle vivaient en bonne intelligence jusqu'au jour où l'aigle avala les petits du serpent. Ce dernier s'en est plaint au dieu du soleil qui lui conseilla de tendre un piège au rapace : il se cacherait dans le ventre d'un bœuf mort, et lorsque l'aigle viendrait pour dévorer le bœuf, le serpent, surgissant du ventre

1. Les vestiges les plus anciens ont été datés en 2011 de 125 000 ans avant l'ère moderne. Il s'agit de ce qui était à l'époque la plus ancienne trace connue attribuée à *Homo sapiens* hors d'Afrique.

de l'animal, le tuerait. » Sankô avait poursuivi : « Le serpent revit grâce à sa mue alors qu'on le croit mort. Il est donc symbole de vie éternelle. »

Le dieu du soleil, celui de la mer, l'autre de la pêche… Badr se perdait un peu dans cette profusion de divinités et ne savait qu'en penser.

La nuit, couché sur le pont, il lui était arrivé d'essayer de compter les étoiles. Bien sûr, il n'y était jamais parvenu. Mais ces pléiades de petites lumières le fascinaient. Il avait imaginé un instant qu'elles n'avaient pour seul rôle que d'éclairer la marche du bateau. Ce qui le fascinait plus encore, c'était de constater leur reflet sur la surface de la mer, ces milliers de petites gouttes d'or qui se diluaient dans le creux des vagues avant de s'en aller mourir dans les profondeurs.

Un soir, Sankô, allongé près de lui, nota qu'il ne dormait pas. Il se redressa sur un coude et lui demanda :

— À quoi rêves-tu ?

— À rien de précis.

— À quoi bon rêver ? Le rêve est ici.

Il montra la côte :

— Regarde autour de toi. Cette terre n'est-elle pas un miracle ? Nous sommes entourés de terres arides, où il n'y a point d'ombre, sinon celle que projettent les ailes des vautours ou des buses, alors qu'ici, les paysages sont verts et les eaux, nombreuses. Avec des vergers, des plantes, des fleurs, des arbres fruitiers. Le raisin, les dattes, les figues abondent sur nos tables.

Il avait conclu :

— Oui, gamin. Le rêve est ici !

15

La légende du fou

Ce fut environ deux semaines après la fin de la saison de la pêche qu'il fit la connaissance de Mira.

Lorsqu'elle pénétra dans la maison, Badr crut que le soleil entrait avec elle. Elle avait entre seize et dix-huit ans. Plutôt grande. De très longs cheveux noirs lissés. Des traits fins et réguliers. On ne pouvait dire qu'elle était particulièrement belle, mais il se dégageait de tout son être une incommensurable douceur.

En l'observant, il sentit son cœur s'emballer, bondir dans sa poitrine, et ses mains furent prises d'un léger tremblement. La jeune femme dut s'en apercevoir car elle demanda d'un air amusé :

— Je te fais peur ?

Il balbutia :

— Non… non… je…

— Où est mon père ?

— À la pêche. Il ne doit plus tarder. Es-tu… Mira ?

— Comment sais-tu mon nom ?

— C'est Sankô qui me l'a dit.

— Et le tien ?

— Badr.

— Que fais-tu ici ?

Il reprit son souffle pour répondre.

— Ton père a eu la bonté de m'offrir l'hospitalité. Je viens de l'oasis.

Elle s'assit par terre dans un coin de la pièce.

— J'ai soif. As-tu de l'eau ?

Il bondit vers une jarre posée contre un mur, y plongea un godet qu'il s'empressa de tendre à la jeune fille.

Elle s'enquit :

— Pourquoi as-tu quitté l'oasis ?

— Pour être pêcheur de perles.

— Je te plains. Tu aimes donc souffrir à ce point ?

— Je ne souffre pas. Je vis.

— Il existe d'autres façons de vivre : pêcheur, mais de poissons, marchand, fabricant d'outils, chasseur ou encore tisseur de filets, comme moi.

— Tu tisses des filets ?

Elle confirma.

— Là au moins, je ne risque pas ma vie et je ne finirai pas sourde. C'est comment, l'oasis ? Il paraît que c'est très vert. Aussi vert qu'ici ?

— Plus. Beaucoup plus.

— Ici non plus, les sources ne manquent pas.

— Chez nous, l'eau dormait sous les sables depuis des milliers d'années. Il a fallu la désensabler et la répartir grâce à des canaux. C'est une eau éternelle.

Elle ne fit aucun commentaire.

Le silence s'instaura, à peine perturbé par le souffle du vent.

Il n'arrivait pas à détacher d'elle son regard.

C'est à ce moment que Sankô franchit le seuil. Il portait une besace sur l'épaule. Il examina les deux jeunes gens d'un air suspicieux et s'adressa à sa fille :

— Quand es-tu arrivée ?

— Il y a peu.

Mira se leva pour l'embrasser, mais il fit un pas en arrière.

— Arrête ! Tu sais bien que je n'apprécie pas ce genre d'effusion. Tu vas bien ? Et ma sœur ?

Elle fit oui de la tête.

— Parfait. Combien de jours comptes-tu rester ?

— Je ne t'ai pas manqué ?

— Si c'était le cas j'aurais été malheureux. Je n'aime pas être malheureux.

Il se tourna vers Badr.

— Toi ! À partir de ce soir, tu dormiras sur la natte, à mes côtés. Elle occupera l'autre pièce.

— Bien sûr.

— À présent, aidez-moi à préparer le repas. J'ai apporté un magnifique poisson.

Il ordonna à Badr :

— Occupe-toi du feu.

Le garçon sortit immédiatement de la maison pour se rendre vers l'âtre en pierre qui se dressait à quelques pas. Dans sa tête, Mira dansait.

*

Alors qu'il ne restait plus que les arêtes, les senteurs du poisson grillé, parfumé aux herbes, flottaient encore dans le ciel nocturne. Là-haut, la lune était pleine et diffusait une lumière lactaire qui éclairait la mer et les maisonnettes alentour.

Mira se pencha vers son père pour lui offrir des raisins. C'est à ce moment que Badr vit le petit collier qui pendait à son cou, orné de deux serpents en bois entrelacés.

— C'est joli. C'est une amulette contre le mauvais œil ?

— Non, un symbole sacré.

— C'est vrai. Ton papa m'a expliqué.

Il cita les propos que Sankô lui avait tenus :

— « Le serpent revit grâce à sa mue alors qu'on le croit mort. Il est donc symbole de vie éternelle. »

La jeune fille secoua vivement la tête.

— Mais non ! Il s'agit de bien plus que ça. Il s'agit d'une histoire d'amitié et d'une perle.

Sankô plissa le front.

— De quoi tu parles, ma fille ?

— D'un récit que m'a narré le vieux Nashal.

— Nashal ? Le fou ?

— Pardon, père, il est peut-être fou, mais c'est un extraordinaire conteur. Tu devrais un jour prendre le temps de l'écouter. Si tu veux, je t'emmène le voir.

Sankô ricana.

— Si tu crois que j'ai le temps de prêter l'oreille à ces radotages ! Comment l'as-tu connu ?

— Il occupe une maisonnette, pas loin de chez nous. Un matin, je l'ai vu, assis sur le seuil, qui psalmodiait en se balançant d'avant en arrière. Je n'ai rien compris. Alors je me suis approchée et je lui ai demandé le sens de ses propos. « Ce sont des mots qui viennent de loin, m'a-t-il répondu. Ils évoquent l'aventure de deux amis. Veux-tu que je te la raconte ? » J'ai accepté.

Sankô fixa sa fille de son œil valide et leva l'index en guise de mise en garde.

— Je t'interdis de revoir cet individu ! Son esprit est dérangé. Il pourrait te faire du mal. Tu as compris ? Je te l'interdis.

— Mais père…

— Non ! Ou alors tu ne reviens plus ici.

Elle baissa les yeux.

— Comme tu voudras, père.

D'un seul coup, Sankô se leva.

— J'ai sommeil.

Une fois qu'il se fut éclipsé, Badr chuchota à l'oreille de la jeune fille :

— Dis… tu m'emmènerais voir le vieux fou ?

*

Était-ce dû à la présence de Mira à ses côtés ou à la qualité de conteur de Nashal ? Badr était envoûté. Pourtant, le vieil homme aurait pu faire peur. Il était maigre, sec, avec des rides sur le visage, tracées comme des coups de couteau et une barbe et des cheveux blancs hirsutes. Les haillons qui lui servaient de vêtements descendaient à peine au-dessus de ses genoux osseux. Effectivement, il avait tout d'un fou.

— Oui, la jeune fille a dit la vérité, confirma-t-il, c'est l'histoire de deux amis et d'un serpent. Deux amis qui s'aimaient d'amour, car, vous le comprendrez plus tard, l'amitié n'est rien d'autre que de l'amour. L'un s'appelait Gilgamesh, l'autre, Enkidu. Ils s'étaient connus à l'âge de l'enfance et, depuis, ils étaient inséparables. Un jour qu'ils chassaient dans la forêt, ils furent attaqués par un lion. Les deux amis se battirent avec un grand courage, et réussirent à tuer le fauve. Malheureusement, au cours du combat, Enkidu perdit la vie. Je vous laisse imaginer le désespoir de Gilgamesh. En perdant cet être, il avait non seulement perdu un ami, un frère, mais pris conscience d'une vérité implacable : l'homme était mortel ! Cette vérité-là, Gilgamesh la savait pourtant, mais peut-être n'avait-il pas voulu en prendre conscience parce qu'elle le terrorisait. Maintenant, une voix lui criait : « Tu vas mourir. Tu vas mourir, Gilgamesh ! »

Badr ne put s'empêcher de frissonner.

— C'est terriblement triste, commenta-t-il.

Nashal opina et reprit :

— Après avoir enterré Enkidu, Gilgamesh s'enfonça dans les immensités désertes. Dans sa tête était née une obsession : « L'immortalité. Je veux connaître le secret de l'immortalité. » Il se mit en quête de quelqu'un qui pourrait l'aider à percer le secret de la vie éternelle. Il vécut mille et une aventures, traversa des régions qu'aucun humain n'avait traversées jusqu'au jour où un homme avec un visage de scorpion l'aborda. « Tu cherches le secret de l'immortalité, Gilgamesh ? Sache que seul un homme le détient. Il s'appelle Uta-Napishtim. »

« Où vit-il ? »

« Au pays des gazelles, si loin que nul mortel n'est capable d'accomplir ce voyage. »

« Peu importe, répondit Gilgamesh, où qu'il soit j'irai ! »

« Ton esprit divague ! Pendant de longs jours tu seras plongé au cœur des ténèbres, c'est un périple effroyable où la nuit n'en finit plus. »

« Peu importe, répéta Gilgamesh, où qu'il soit j'irai ! »

« Soit, répliqua l'homme au visage de scorpion, je te laisse aller. Puisses-tu atteindre les hauteurs de Mashu. Va, la montagne t'attend. Et quand tu l'auras franchie, tu trouveras Uta-Napishtim. » Gilgamesh s'inclina et partit vers l'ouest.

— Quel courage ! dit Badr, émerveillé.

— Non, rectifia Mira, détrompe-toi, il ne s'agit pas de courage, mais de peur. C'est la peur de mourir qui donne à Gilgamesh cette énergie.

Nashal reprit son récit.

— Et il est reparti, affrontant de nouveau mille dangers. Au bout de son périple, il trouva Uta-Napishtim. L'homme fut sans doute impressionné par le courage de Gilgamesh, car il lui déclara :

« Sois bien attentif à mes paroles, car je vais te dévoiler ce qui est caché. Oui, je vais te révéler le secret des dieux. Celui de l'immortalité. Il existe une minuscule sphère nacrée qui dort sous la mer de l'Est. Il te faudra plonger très profondément pour la trouver. Elle est cachée dans une coquille aux dents acérées. Si tu arrives à la dégager, alors tu avaleras la sphère et tu seras immortel. »

— Une sphère nacrée ? s'écria Badr, de plus en plus captivé. Ça fait penser à une perle ! Et où se trouve cette mer ?

Le vieux afficha un air mystérieux.

— Qui sait…

Mais au ton de sa voix, Badr fut convaincu qu'il savait.

— Gilgamesh est donc parti vers l'est. Une fois devant la mer, il plongea. Il plongea des dizaines de fois, il fouilla les fonds, jusqu'au moment où il découvrit la coquille aux dents acérées. Elle était légèrement bombée. Il la récupéra et remonta à la surface. Sur le rivage, à l'aide de son couteau, il l'ouvrit et poussa un cri de joie : à l'intérieur reposait la minuscule sphère nacrée. Mais il était à bout de forces, brisé par son long voyage et par l'émotion. Ne résistant plus, il s'allongea sur le sable et se laissa gagner par le sommeil. Bien mal lui en avait pris, hélas.

— Quoi ? Que s'est-il passé ?

— Le destin, mon garçon, le destin. Alors qu'il dormait à poings fermés, un serpent s'approcha. Apercevant la sphère qui scintillait, il la mangea et repartit. Ainsi, ce fut lui qui devint immortel. Lorsque Gilgamesh se réveilla, il constata la coquille vide et hurla sa douleur. Aujourd'hui encore, les nuits de pleine lune, on peut entendre ses lamentations qui résonnent au-dessus de la mer. C'est du moins ce que racontent les vieux pêcheurs de l'Île de Feu.

— Cela signifie que c'est ici que Gilgamesh a trouvé la sphère ?

— Oui, mon petit. Sur notre rivage. Mais j'ai oublié de vous dire le plus important : « Le serpent n'a pas vécu éternellement. Lorsque les dieux ont créé l'humanité, ils ont créé aussi la mort. L'éternité, ils l'ont réservée pour eux. »

Un très long silence s'installa.

Badr fut le premier à le rompre.

— Tu sais, dit-il à Nashal, moi aussi je connais un conte. Mais en vérité, je crois qu'il s'agit d'une réalité.

Mira pivota vers le jeune homme.

— Tu connais vraiment un conte ?

— Parfaitement.

— Nous t'écoutons, proposa Nashal. Raconte.

— Il m'a été confié par un vieillard qui avait plus de cent mille ans, commença Badr.

Mira ne put s'empêcher de pouffer.

— J'arrête ? menaça Badr.

— Non, non, pardonne-moi… mais cent mille ans !

— N'a-t-il pas prévenu qu'il était question d'un conte ? rappela Nashal. Laisse-le poursuivre.

Badr reprit. Et pour la troisième fois relata les propos de Raghad.

Lorsqu'il eut fini, contre toute attente, il entendit le vieil homme murmurer :

— Je ne vois rien d'irréel dans tout ce que tu m'as raconté. Des êtres nous ont précédés, c'est une évidence. Nous ne sommes pas tombés d'un nuage. Les preuves existent un peu partout dans la région. Il y a quelques années, non loin d'ici, je suis tombé sur un site tapissé de fossiles d'animaux. Ils ne dataient pas d'hier. Croyez-le ou non, mais j'ai cru reconnaître les ossements d'un éléphant qui possédait quatre défenses[1].

1. Il s'agit du site de Baynunah à Abou Dabi. On a trouvé aussi des traces d'un fleuve qui coulait toute l'année, comme le montre la présence de grandes tortues d'eau douce et de crocodiles. À cette époque, le niveau de la mer était sensiblement plus bas qu'aujourd'hui et le littoral marin se trouvait environ 300 kilomètres à l'est de son emplacement actuel.

Mira dévisagea Badr avec admiration.

— Tu disais donc vrai, déclara-t-elle. Nous serions les descendants de ces clans.

— Ce qui en revanche me semble plus qu'improbable, reprit Nashal, c'est ton vieillard âgé de cent mille ans. C'est impossible, mon petit.

— Pourtant, il m'a même donné une perle. Voyez !

Il retira la sphère nacrée de sa poche et la montra.

Une profonde perplexité s'afficha sur le visage de l'homme. Après un moment, il balaya l'air de la main et s'exclama :

— Je suis fatigué. Quand il n'y a pas d'explication, il n'y a pas de mystère. Allez ! rentrez chez vous.

— Viens ! dit Mira, en s'adressant à Badr. À mon tour de t'étonner. Suis-moi !

*

Une heure plus tard, les deux jeunes gens, emmenés par un pêcheur, débarquaient sur une petite île, l'Île du Feu, à quelques encablures du rivage. Après avoir fait quelques pas, ils ne tardèrent pas à longer une nécropole peuplée de tombes circulaires. Ici et là, des gens se déplaçaient à dos de mule ou marchaient, vêtus de tuniques de couleur.

— Où m'entraînes-tu ? questionna Badr.

— Patience ! Nous sommes presque arrivés.

Ce fut au détour d'une venelle que la jeune fille désigna un bâtiment tout blanc qui scintillait sous l'effet du soleil.

— La demeure du prince Aswar ! annonça-t-elle.

C'était un édifice carré, entouré d'un mur, entièrement conçu avec des pierres calcaires, ce qui expliquait sa magnifique blancheur. Au-dessus de l'entrée principale, il y avait des animaux sculptés en relief. On reconnaissait entre autres des oryx, un chameau et… un serpent. Mais le plus surprenant était un oiseau, gravé lui aussi, dressé sur de longues pattes fines qui faisaient penser à celles d'un héron[1].

— C'est là que ma tante travaille. Elle fait partie de celles qui servent les femmes du prince. J'ai toujours rêvé d'aller voir ce qui se passe de l'autre côté du mur.

— C'est impossible, voyons !

— Et pourquoi ? Le mur n'est pas très haut, nous pourrions l'escalader.

— Quoi ? Ce n'est pas le vieux Nashal qui a l'esprit dérangé ! s'exclama Badr. Il n'en est pas question !

Mais la jeune fille était décidée.

1. Les archéologues l'ont identifié comme étant un « bénou », connu aussi sous le nom de « phénix », associé à la mythologie égyptienne. Il était surtout adoré à Héliopolis, en Égypte.

Sous l'œil affolé de Badr, elle sauta sur ses pieds, agrippa une anfractuosité du mur, puis une autre, se hissa au sommet de l'enceinte et disparut.

— Allez, viens, chuchota-t-elle. Il n'y a personne !

Badr hésita quelques instants et finit par céder. Une fois sur le mur, il constata que celui-ci se composait de deux rangées parallèles remplies de petites pierres.

Quand il fut de l'autre côté, il découvrit une vaste cour au sol tapissé de roches qui lui étaient familières. Des roches marines. Il y avait sur le toit une sorte d'avancée qui permettait de se protéger de la chaleur.

— Tu vois bien qu'il n'y a personne, le rassura Mira.

— D'accord, à présent repartons.

La jeune fille ironisa :

— Je ne te savais pas aussi courageux !

Piqué au vif, Badr se dirigea vers une porte en bois.

— Et maintenant ? Tu veux la défoncer ? ironisa-t-il.

Il n'avait pas fini sa phrase qu'il se sentit happé par des mains qui semblaient avoir jailli de terre. Il cria, se débattit, mais en vain. Au moment où on le soulevait du sol, il eut à peine le temps d'entrevoir Mira qui subissait le même sort.

16

Le prince

— Voici les intrus, Votre Altesse ! tonna le garde.

Les deux jeunes gens jetèrent un coup d'œil affolé autour d'eux.

On venait de les traîner dans une grande salle éclairée par des torches qui diffusaient des lueurs ocre le long des murs. Deux hommes armés de lances se tenaient auprès d'un personnage assis sur un siège surélevé. Il ne devait pas avoir plus de trente ans, mais la barbe en pointe qui ornait son visage lui donnait quelques années de plus. Ils conclurent très vite qu'il s'agissait du prince Aswar.

Le dernier loucha sur Badr et Mira avec curiosité.

— Qu'êtes-vous venus faire ici ?

Aucun n'osa répondre.

— Sachez que je n'aime pas poser deux fois la même question !

— Nous… nous, commença Badr, vite interrompu par Mira.

— Tout est ma faute, je…

— Tout est ma faute… « Votre Altesse » !

— Votre Altesse, oui, tout est ma faute. C'est moi qui ai entraîné mon ami. Il ne voulait pas. J'avais envie de voir où travaillait ma tante.

— Ta tante ?

Mira fit oui de la tête.

— C'est l'une de vos servantes…

Elle s'empressa d'ajouter :

— Votre Altesse. Enfin, je veux dire, elle est au service de vos épouses.

Le prince Aswar effleura sa barbe d'un air songeur.

— Comment s'appelle-t-elle ?

— Nali.

Il pointa l'index sur Badr.

— Et toi ? Qui es-tu ?

— Badr, Votre Altesse.

— Je devrais me satisfaire de cette réponse ?

— Je suis pêcheur de perles, Votre Altesse. Mais je suis né dans l'oasis, au sein de la tribu des Ajilans dont mon père, Hanou, est le chef.

Une lueur intéressée éclaira les prunelles du souverain.

— L'oasis… Oui, on m'a dit que les hommes là-bas en ont fait un magnifique jardin et que l'eau y coule à profusion, est-ce la vérité ?

— Oui… Oui, Votre Altesse. Surtout grâce à mon père. C'est lui qui a eu l'idée de recueillir et diriger l'eau qui dormait sous le sable.

Le prince hocha la tête.

— Hanou. On m'a souvent parlé de lui. Il passe pour un homme de grande qualité.

Il murmura comme s'il pensait à voix haute :

— L'oasis. Il faudra que je m'y rende un jour…

Il s'apprêtait à ajouter quelque chose lorsque deux hommes firent irruption. Le premier, appuyé sur une canne, s'approcha dans une attitude infiniment humble et s'agenouilla.

— Je vous salue, Votre Altesse.

Le second, plus jeune, fit de même.

Une expression étonnée anima les traits du souverain.

— Que me vaut le plaisir de recevoir en même temps mon conseiller et mon trésorier ?

— Nous avons des nouvelles importantes à vous communiquer, Votre Altesse.

Prenant conscience de la présence des deux inconnus, il se tut.

— Tu peux parler sans crainte, Melik. Je t'écoute.

— Seigneur, si nous avons sollicité cette entrevue, c'est pour vous faire part de nos appréhensions.

Le roi afficha un air fataliste.

— Sérénité et appréhension. Nous échappons rarement à l'un de ces deux états. Mais encore…

Melik reprit :

— Vous êtes Aswar, fils de Hamil le Grand, vous régnez depuis bientôt dix ans. Et demain, ce sera autour de votre fils, Eliam, de…

Le roi l'interrompit.

— Melik, tu es mon conseiller, celui qui m'a vu grandir. Tu dois donc savoir que j'ai l'excès de mots en horreur.

— Pardonnez-moi, seigneur. Je vais essayer d'être bref. De tout temps, ce sont nos échanges commerciaux qui ont fait notre prospérité et notre gloire. Nos clients les plus précieux sont ceux du Pays-entre-les-deux-fleuves et de Meluhha[1]. Or voilà que, depuis la mort du grand Hammurabi, le Pays-entre-les-deux-fleuves est en proie à de grands désordres. Et il semble que son fils soit dans l'incapacité de rétablir la situation. Pourtant, à en croire les voyageurs, ce nouveau roi posséderait, sinon l'envergure, du moins le courage de son père et lutte farouchement contre les forces qui cherchent à émietter son héritage.

1. La Mésopotamie et la vallée de l'Indus. Dans sa phase mature, de 2600 à 1900 avant notre ère, la civilisation de la vallée de l'Indus couvrait un territoire nettement plus vaste que les civilisations de Mésopotamie et d'Égypte.

— Ces forces, quelles sont-elles ?

— Je ne sais, seigneur. Il ne nous parvient ici ou là que des bribes, des informations contradictoires, confuses. On parle d'agresseurs surgis de l'intérieur des terres.

Le roi inclina la tête sur le côté.

— En quoi sommes-nous concernés par ces conflits ?

Cette fois, c'est le trésorier qui répondit :

— Lorsque le Pays-entre-les-deux-fleuves prend froid, c'est notre terre qui tombe malade. Ce n'est pas tout. Nos autres clients, ceux de Meluhha, se font de plus en plus rares. Ils ont presque disparu. Pour des raisons mystérieuses, voilà quelque temps que leurs villes se vident peu à peu de leurs habitants. D'aucuns affirment que c'est à cause de la sécheresse ; d'autres, des inondations. Tout ce dont nous sommes sûrs, c'est que Meluhha se meurt.

Le prince adopta un air agacé.

— Quelle importance ? Il n'existe pas que ces deux régions ! Nous commerçons avec de nombreux autres voisins aussi lointains que ceux des « Terres-de-la-main-gauche[1] ». Et chez nous, que je sache, personne ne souffre de la faim ni de la soif ! Est-ce

1. La Syrie, le Liban, la Palestine actuelle.

que tu sous-entendrais que notre peuple vit misérablement ?

— Oh non ! Je vous ai exposé tout cela pour confirmer les inquiétudes de votre conseiller. Si nous perdons nos clients, notre économie risque de s'effondrer.

— Cela n'arrivera pas ! s'exclama Aswar. Dites-moi plutôt pourquoi les habitants de Meluhha abandonnent leurs villes. Seraient-elles frappées par le dieu Namtar[1] ?

— Je ne sais, Majesté. Comme toujours, les seules informations que nous possédons proviennent des négociants et des voyageurs de passage.

Le souverain resta un long moment songeur, puis déclara :

— Vos inquiétudes sont respectables, mais rien ne peut nous détruire car nous possédons une richesse inestimable : nos perles. Elles représentent un trésor incomparable dont nul ne pourra se passer. Elles sont uniques. Si nos voisins s'entretuent, peu importe.

---

1. Dieu des épidémies. Les dieux étaient censés être les instigateurs des maladies, notamment Nergal, celui des Enfers. Les causes de la fin de cette civilisation ont été et sont encore très débattues : on a invoqué les invasions de conquérants, également des problèmes environnementaux et climatiques, ou économiques. Quoi qu'il en soit, cette civilisation a commencé à disparaître dans le courant de la première moitié du IIe millénaire avant l'ère moderne.

Si une civilisation meurt, une autre la remplacera. Songez aussi à nos autres richesses : l'huile de pierre[1] ! Nous devrions d'ailleurs développer son exploitation. Sans elle, point de calfatage des bateaux, plus d'étanchéité des parois ou des toits de maison. Et nos dattes ! Et l'abondance de fruits et légumes : grenades, raisins, figues, pois chiches, lentilles, navets, poireaux, concombres, laitues, oignon, ail ! Ne permettent-ils pas au royaume de se suffire à lui-même ?

Il se tut et prit les deux jeunes gens à témoin :

— N'ai-je pas raison ?

Mira baissa les yeux. Badr, pris de court, ne sut que répondre avant de se reprendre :

— Oui, Votre Altesse. Surtout nos perles. Il n'y en a pas de plus belles.

Mais en vérité, il ne comprenait rien à ces discours et n'avait jamais entendu parler de ces pays aux noms étrangers.

Il décocha un regard en coin à Mira. Elle paraissait aussi perdue que lui.

Le prince renvoya ses visiteurs d'un geste de la main, et se tourna vers les deux jeunes gens.

— Que vais-je faire de vous ? Vous êtes conscients, n'est-ce pas, de la gravité de votre comportement ? La tête tranchée ou le feu ? Quel châtiment

1. Le bitume.

préférez-vous ? Je suis magnanime, je vous laisse le choix.

Mira se jeta à genoux.

— Pitié ! Pitié, Votre Altesse !

Quant à Badr, il resta immobile. Tétanisé.

Un sourire anima les lèvres d'Aswar.

— Rassurez-vous.

Il répéta :

— Je suis magnanime.

Et il ajouta à l'intention de Mira :

— Ta tante est une servante dévouée. Mon épouse me l'a souvent répété. Je ne veux pas la perdre.

Il ordonna :

— Partez ! Vous êtes libres. Et que je ne vous revoie jamais plus.

Les deux intrus se précipitèrent vers le seuil comme s'ils avaient un démon à leurs trousses.

Une fois seul, le prince se dirigea vers une petite cage qui contenait des lézards. Il récupéra l'un d'entre eux et marcha vers un panier en osier rangé dans un coin de la pièce. Une couleuvre dressa aussitôt la tête. Elle avait des taches noires sur le dos, en forme de barre verticale, et autour de la tête un anneau jaune-blanc. À peine Aswar fit-il danser le lézard au-dessus du reptile que celui-ci le happa à la vitesse de l'éclair.

Le souverain sourit, ravi, et, comme à chaque fois, il lui revint en mémoire le récit dont l'origine lui était inconnue où il était question d'un serpent et d'un aigle. Il songea : « Rien ne nous détruira jamais. Nous sommes immortels ! »

*

— J'espère que ma tante n'en saura rien, dit Mira. Sinon, elle le rapportera à mon père et nous risquons de subir bien pire que les châtiments dont nous a menacés le prince !

— Le Pays-entre-les-deux-fleuves, Meluhha, les Terres-de-la-main-gauche… je n'avais jamais entendu parler de ces endroits. J'ignorais même qu'il y en avait autant. C'est incroyable !

— Badr, tu nous croyais seuls au monde ? Hâtons-nous, le soir ne va pas tarder à tomber. Si nous ne voulons pas avoir plus d'ennuis, il faut rentrer.

Badr s'empressa d'obéir.

— J'en avais presque oublié ton père !

Ils étaient parvenus devant une construction à l'intérieur de laquelle apparaissaient de grandes jarres de stockage.

— L'entrepôt, dit Mira. Le port n'est plus très loin.

En effet. Très vite, ils se retrouvèrent devant une foule bigarrée qui s'affairait le long d'un débarcadère. On criait, s'interpellait, marchandait. On eût dit que c'était ici, sur l'Île du Feu, que battait le cœur du monde connu. Un pêcheur accepta de les transporter sur la rive opposée. En vérité, elle était si proche qu'ils auraient pu l'atteindre à la nage.

Tout au long de la brève traversée, Badr gardait la tête baissée, n'osant pas lever les yeux sur Mira. Elle dut s'en apercevoir car elle le questionna :

— Qu'as-tu à fixer la coque ? Tu y lis ton avenir ?

— Non. Je…

Elle changea de sujet.

— Je ne savais pas que ton père était quelqu'un d'important. En tout cas, il semblait connu du prince.

Elle demanda à brûle-pourpoint :

— Tu as des frères ? Des sœurs ?

— Une sœur. Louna. Elle est plus âgée que moi.

— Tu as de la chance. Moi, je n'ai que mon père et ma tante. Et ma mère me manque tous les jours.

— Je comprends. Je suis triste pour toi.

L'embarcation accosta.

— Un jour, dit Badr, je t'emmènerai dans l'oasis et je te présenterai ma famille. Ainsi, tu auras une seconde mère et une sœur.

— Peut-être…

Ils franchirent le seuil et, à leur grand soulagement, constatèrent que Sankô n'était pas encore rentré.

Ils s'installèrent sur les nattes en se gardant bien de trop se rapprocher.

— Tu étais sérieux ? s'enquit brusquement Mira. Tu aimerais m'emmener dans ton oasis ?

— Bien sûr !

— Pourquoi ferais-tu ça ?

Il hésita.

— Parce que… tu es une personne que j'aime beaucoup.

Et il rougit en prononçant ces mots.

Tout à coup, des éclairs fendirent le ciel au-dessus de la mer et le roulement du tonnerre fit trembler les murs. Des trombes se déversaient sur la maison.

Mira poussa un cri apeuré et se recroquevilla sur elle-même.

— L'orage… murmura-t-elle, la voix tremblante.

Spontanément, Badr se leva et s'assit auprès d'elle, puis lui prit la main.

— N'aie pas peur. Je suis là. L'orage, ce n'est que du bruit. Je suis là.

*

Badr jaillit de l'eau et confia à l'un des pêcheurs sa musette emplie d'huîtres, retira la pince qui serrait ses narines et se hissa à bord.

— J'ai bien cru que tu ne remonterais plus, dit Sankô.

— Je ne m'en suis pas rendu compte.

Il montra du doigt l'un des hommes et fit remarquer :

— Jamais je ne réussirai à retenir mon souffle aussi longtemps que Saïs. À croire qu'il est né d'un père et d'une mère poissons.

Une ébauche de sourire se dessina sur les lèvres de Sankô.

— Ce n'est pas impossible. En tout cas, je te félicite. Tu as la main heureuse. Depuis quelques jours, la majorité des huîtres que tu rapportes sont fertiles. C'est un miracle lorsque l'on sait que seule une huître sur dix mille produit une perle de valeur.

— Tant mieux. Mais une question me revient : que font les acheteurs avec les perles acquises ?

— Cela dépend de la qualité de la perle. Comme tu as pu le constater, il en existe des rondes, ou presque rondes, aplaties, ou en forme de goutte d'eau. Les plus belles, les plus parfaites, formeront les plus beaux colliers. Un marchand originaire du Pays-entre-les-deux-fleuves m'a juré avoir vu une princesse qui portait un collier composé de trois rangs de soixante-douze perles chacun.

— Soixante-douze !

— Oui, mais je crois qu'il exagérait, comme souvent les marchands.

Il ordonna à l'équipage :

— Nous rentrons !

Alors que l'embarcation virait à tribord, la poupe au soleil, Badr ressassait ce que Mira avait exigé de lui : « Aujourd'hui, tu demanderas ma main à mon père ou je ne te reverrai plus. »

Cette menace n'était pas sans raison. La tante de la jeune fille avait appris leur intrusion dans le palais du prince et ses cris de colère retentissaient encore, un mois plus tard. Une fois calmée, elle s'était informée :

— Qu'y a-t-il entre toi et ce garçon ?

Avec une témérité incroyable, Mira avait répondu :

— Je l'aime.

— Tu l'aimes ? Tu connais au moins sa famille ? Ses origines ?

— Non, pas encore.

— Et ton père est-il au courant ?

Mira avait été contrainte de reconnaître que non.

— Soit tu le lui dis, soit c'est moi qui m'en chargerai ! (Et elle avait conclu :) Et si ce garçon est sérieux, ce sera à lui de demander ta main, comme toute personne recommandable et de bonne famille.

Les semaines s'étaient écoulées sans que Badr osât franchir le pas. En réalité, il était pétrifié de peur que la réaction de Sankô fût négative. Qu'adviendrait-il alors ? Il serait obligé de rompre, de ne plus voir Mira et, qui sait ? de quitter son travail. Mais la veille, Mira avait posé son ultimatum :

— Si tu m'aimes, tu dois parler à mon père. Sinon, ce sera fini entre nous !

Le rivage était en vue. Ils n'allaient pas tarder à accoster.

Le cœur battant à tout rompre, Badr s'adressa à Sankô :

— J'ai quelque chose d'important à te dire, commença-t-il, la voix légèrement tremblante.

— Ah ? Un problème ?

— Non. Mais…

— Parle donc !

— Il s'agit de Mira.

Sankô le scruta avec inquiétude.

— Il lui est arrivé quelque chose ?

— Elle va bien. C'est que…

— Oui ?

— Je l'aime.

— Ah…

— Je crois qu'elle m'aime aussi.

— Ah…

— Nous voudrions nous marier.

Sankô caressa machinalement le bandeau qui couvrait son œil invalide.

— Te souviens-tu de ce que je t'ai dit il y a un instant ? Seule une huître sur dix mille produit une perle de valeur. Le mariage, c'est pareil. Sur des milliers d'unions, il y en a peu qui sont heureuses. Mira est ma seule fille, le seul être qui me reste depuis la mort de sa mère. Jamais je ne supporterais qu'elle soit malheureuse. Jamais !

— Moi non plus ! se récria Badr.

— Comment sais-tu que tu l'aimes vraiment ?

Le jeune homme hésita.

— Parce que sans elle mon cœur ressemble à une mer sans vie, c'est tout. Je sais que je l'aime.

On devinait qu'un combat se livrait dans la tête de Sankô. Mira, sa petite, son enfant, était devenue une femme. Il détourna son visage pour masquer son émotion, et dit :

— D'accord, mais à une condition : il faudra que je rencontre ta famille. Sinon, pas de mariage.

17

Le retour

En apercevant son fils qui arrivait vers lui, Hanou crut être victime de l'un de ces mirages qui jaillissaient parfois dans le désert alentour.

Badr n'était pas seul. Une jeune fille et un homme l'accompagnaient ; un homme qui portait un bandeau noir sur l'œil gauche.

— Badr ? C'est toi ?

— Aurais-je tellement changé pour que tu t'interroges ? Pourtant, ça ne fait que trois mois.

Sans hésiter, Hanou se jeta littéralement sur son fils et l'enlaça.

— Je te présente Sankô. Je lui dois tout. Et Mira, sa fille.

— Soyez les bienvenus !

Les deux hommes se donnèrent l'accolade.

— Où sont maman et Louna ? s'enquit Badr.

— Aux champs. Suivez-moi, nous allons les retrouver.

Ils n'eurent pas besoin de se déplacer, les deux femmes les avaient déjà aperçus et couraient à leur rencontre en poussant des cris de joie.

Badr se dirigea vers sa mère en premier et se laissa couvrir de baisers.

— Mon fils, mon fils…

— Alors ? Tu nous as apporté des perles ? plaisanta Louna.

À son tour, elle prit son frère dans ses bras tout en lui chuchotant à l'oreille :

— L'élue ?

— Chut !

— Je vais vous préparer un dîner que vous n'oublierez pas ! dit Malita.

Sans attendre, elle s'éclipsa en criant à qui voulait l'entendre que son fils était de retour. Louna lui emboîta le pas.

— D'après Badr, dit Sankô en s'adressant à Hanou, tu aurais donné vie à cette oasis et accompli des merveilles.

— *Nous*, rectifia Hanou. Toute la tribu.

Il montra les champs et les canaux qui les traversaient.

— C'est notre mer. Les épis sont nos perles. Suis-moi, je vais te montrer.

*

La lampe à huile jetait des lueurs orangées sur les visages. Les rumeurs du village s'éparpillaient dans la nuit. Un homme jouait un air de flûte ; un autre tapait sur un tambourin.

Tout au long du repas, Hanou n'avait eu de cesse de questionner Sankô sur sa vie de pêcheur, les perles, les poissons, sur les tribus qui vivaient près de la mer, leurs mœurs, leur nourriture. Le troc, les bateaux.

— C'est curieux, finit par réagir Sankô. Tu m'interroges comme si tu te renseignais sur des étrangers. Or rien ne nous différencie sinon que vous êtes des agriculteurs et nous, des pêcheurs.

— Tu as raison, s'excusa presque Hanou. Mais je n'ai jamais quitté l'oasis depuis que je suis né. J'ai du mal à concevoir un autre monde que le mien.

Badr se risqua à intervenir.

— Nous sommes issus de la même terre, et nous avons le même ancêtre. Touanga.

Son père fronça les sourcils.

— Tu ne vas pas recommencer avec tes contes !

Sans se démonter, Badr expliqua :

— J'ai tout raconté à Sankô. Je lui ai parlé de Raghad, ce vieillard dont tu dis qu'il est sorti de mon imagination. Je lui ai parlé des Mahalis et des Harites.

— Et tu n'as pas éclaté de rire ? questionna Hanou en se penchant vers Sankô.

— Au risque de te surprendre, non. Il se fait que, non loin de l'endroit où nous vivons, existe une montagne blanche ; celle dont parlait ce mystérieux vieillard. Un pêcheur m'a affirmé avoir vu là-bas d'étranges vestiges. Des objets taillés dans la pierre, qui nous sont totalement inconnus.

— Tu vois que je n'ai pas de sable dans la tête, père.

En guise de réponse, Hanou poussa un grognement de dépit.

— Peu importe !

Il marqua une courte pause avant de poursuivre :

— À présent, si vous me disiez ce qui vous amène ici ? Car une voix me souffle que ce n'est ni le plaisir ni le désir de mon fils de me revoir.

Mira et Badr échangèrent un coup d'œil furtif.

— Tu as raison, admit Sankô.

Il annonça sans détour :

— Ton fils a demandé la main de ma fille.

Hanou fit des yeux ronds. Malita étouffa un cri. Louna renversa le godet empli d'eau posé devant elle.

— Et que lui as-tu répondu ? s'enquit Hanou.

— Que j'étais d'accord, mais que je tenais à connaître sa famille. D'où notre présence.

Hanou posa le regard sur Mira. Il la scruta comme s'il cherchait à lire dans son âme.

— Tu es la bienvenue, ma fille.

D'un seul coup, les deux femmes se levèrent et se mirent à danser en tapant dans leurs mains et en riant aux éclats. Leurs tuniques voltigeaient autour d'elles comme autant de papillons.

— Et quand comptez-vous vous marier ? interrogea Malita.

Mira et Badr se prirent la main spontanément.

— Demain ?

*

Les hommes lançaient des bâtons vers le ciel avant de les rattraper tout en évoluant au rythme des tambourins. Les femmes faisaient onduler leur longue chevelure en inclinant la tête de gauche à droite, de droite à gauche dans un mouvement lancinant.

Près d'une vingtaine de personnes, appartenant aux tribus voisines, s'étaient déplacées pour saluer les mariés et leur exprimer leurs vœux de bonheur. Un homme minuscule allait et venait en balançant un petit brasero dans lequel brûlait de l'encens, un autre répandait de l'eau de rose sur la tête des invités.

C'est alors que des hurlements barbares retentirent, suivis d'une cavalcade échevelée.

— Les Sakalims ! hurla quelqu'un du haut de l'une des tours de guet. Les Sakalims !

— Qu'est-ce ? Quoi ? balbutia Sankô.

— Ce sont nos voisins, expliqua Hanou. Pires que des chacals. Sais-tu te battre ?

— J'ai combattu des monstres marins, je peux en affronter sur terre.

— Très bien, alors je vais te trouver une épée. Quant à vous, ajouta-t-il à l'intention des jeunes mariés et de Malita et Louna, rentrez à la maison et barricadez-vous !

Il pointa Badr du doigt.

— Tu es chargé de les protéger, mon fils !

Prenant Sankô par le bras, il l'entraîna vers une sorte de remise en bois. À l'intérieur étaient rangées quelques armes. Il s'empara de deux épées de bronze. Il en confia une à Sankô en lançant comme une boutade :

— J'espère que ton œil invalide ne t'empêche pas de voir ton adversaire en entier. Allons-y !

Autour d'eux, la majorité des hommes de la tribu s'étaient déjà regroupés et l'affrontement s'annonçait redoutable. À peine Hanou était-il apparu que l'un des Sakalims se rua sur lui, prêt à le pourfendre. Le chef des Ajilans se jeta sur le côté, évitant la lame de bronze qui visait sa poitrine. L'autre fit une nouvelle tentative, mais Hanou esquiva encore. Il semblait que les deux hommes étaient de force égale et qu'aucun ne l'emporterait sur l'autre. C'était compter sans l'expérience de Hanou. Celui-ci fit un bond en arrière, se décala sur la droite et planta son épée dans la cuisse de son adversaire. L'autre poussa un hurlement de douleur et s'affaissa. Hanou allait l'achever, lorsque Sankô le prit de vitesse et, avec l'expérience d'un vieux guerrier, enfonça sa lame dans le cœur du Sakalim.

— Merci, dit Hanou. Finalement, tu vois mieux qu'avec deux yeux.

Barricadé dans la maisonnette, Badr observait par la fenêtre le déroulement des combats. Il entendait les cris, noyés par le fracas des armes.

Soudain, sans qu'il comprît par quel sortilège, la scène se dilua sous ses yeux, remplacée par une autre : un adolescent faisait face à un guerrier, haut comme un arbre, les prunelles jaunâtres, avec une mâchoire énorme. L'un était armé d'une sagaie et l'autre, d'un hachereau. Le vent s'était mis à souffler, soulevant du sol des milliers de feuilles mortes qui voletaient dans le ciel. Puis, tout alla très vite. Le guerrier aux prunelles jaunâtres se rua en avant, tenant son hachereau des deux mains. Au lieu de reculer, l'adolescent resta immobile. Bien droit, campé sur ses pieds, la sagaie le long de son corps, la pointe tournée vers le sol. Lorsqu'il ne fut plus qu'à un pas, le guerrier pivota légèrement sur le côté pour frapper à revers. Il n'acheva pas son geste. La sagaie de l'adolescent s'était fichée dans son ventre.

Et tandis qu'il voyait le guerrier s'écrouler face contre terre, des mots résonnèrent dans la tête de Badr : « Les plus faibles doivent disparaître pour que les plus forts survivent. »

Brusquement, la scène s'évapora comme par enchantement.

Badr dut s'appuyer contre le mur pour ne pas défaillir. Son cœur battait la chamade. Son visage était couvert de sueur.

— Que t'arrive-t-il ? s'affola Mira en le prenant dans ses bras.

Il ne répondit pas. Quels mots pouvaient expliquer sa vision ?

Sa mère et sa sœur se précipitèrent à leur tour.

— Mon fils, tu es malade ?

Il fit non de la tête, mais sans conviction. Malade ? Peut-être était-il frappé d'un mal inconnu ? Comme l'Ancien ?

Un vertige le saisit. La pièce tangua. D'où venait la voix qui résonnait dans sa tête ?

La mémoire ne meurt jamais. Un père transmet son histoire à son fils, et ainsi de suite, de génération en génération. Regarde le ciel nocturne et songe à ces centaines de milliers d'étoiles qui scintillent. Chacune d'entre elles est à l'image des hommes. Tant que leur scintillement perdure, elles ne s'éteignent pas. Il en est ainsi de notre destin, il n'est rien d'autre que le prolongement de la vie de ceux qui nous ont précédés.

Comment pouvait-il se douter que c'était ma voix ? La mienne, celle de Raghad, le-vieux-qui-sait. J'ignore d'ailleurs de quelle manière j'arrivais à me faire entendre par lui et par quel moyen. Depuis des milliers et des milliers d'années, je continue d'exister et de transmettre.

Que certains événements apparaissent ou non « possibles » est sans importance, car le critère de ce que l'on appelle la « possibilité » n'est jamais fondé sur la logique.

Quel lien pourrait exister entre Kaloum et Badr, Larama et Mira, Hanou et Touanga, Sankô et Ragom, le fils de Samali ? Entre Mawouko, l'Ancien, et Nashal, le fou qui contait l'histoire de Gilgamesh ? La réponse est « tout ». Car des liens invisibles, inexpliqués, relient chaque parcelle de l'univers, chaque être humain, quelle que soit la distance, et sans raison apparente, ou en tout cas explicable.

Je traverse les âges sans en ressentir le poids. C'est peut-être cet état que les hommes surnomment l'« immortalité ». En réalité, je suis seulement témoin des événements, témoin à la fois impuissant, triste, révolté, et admiratif. Admiratif, lorsque j'observe les exploits des descendants de Kaloum, ces individus qui décidèrent un jour de se tenir sur deux pieds, ces dompteurs du feu qui, aujourd'hui, apprivoisent le soleil. Et l'espace.

Épilogue

Centre spatial de Tanegashima, au sud-ouest du Japon. 20 juillet 2020, 6 h 58.

Sous un ciel d'été dépourvu de nuages, la fusée blanche jetait son ombre sur les flots de l'océan Pacifique bordé de plages de sable blanc. À son sommet était arrimée une sonde de 1 350 kg de la taille d'un 4 × 4. On lui avait attribué le nom « Al-Amal », qui signifie « espoir » en arabe. En sept mois, elle devait parcourir les 493 millions de kilomètres qui mènent jusqu'à la planète Mars. Il était prévu qu'elle arrive à destination en février 2021, juste à temps pour célébrer le cinquantenaire de la fondation des Émirats arabes unis.

Trois instruments fixés sur le satellite fourniraient une image complète de l'atmosphère de la planète rouge tout au long de l'année martienne. Un spectromètre mesurerait la basse atmosphère et analyserait la structure de la température. Un imageur haute résolution fournirait des informations sur les niveaux d'ozone et permettrait de mieux comprendre le climat de Mars.

Parmi les directeurs de vol japonais, on pouvait voir, assis dans la salle de contrôle, des ingénieurs émiratis vêtus d'une *dishdasha*[1] immaculée. Deux d'entre eux, la cinquantaine, étaient installés côte à côte, s'efforçant tant bien que mal de maîtriser les battements de leur cœur. L'un s'appelait Ali, l'autre, Kaloum. Une coïncidence, sans doute.

— J'espère qu'ils ne vont pas reporter le décollage une troisième fois, dit ce dernier. Ce serait affreux.

Sa crainte était justifiée. Il y avait déjà eu deux reports la semaine précédente en raison du mauvais temps.

Ali secoua la tête.

— Non. Tu as bien vu qu'il n'y a pas un seul nuage dans le ciel. Tout va bien se passer.

— *Inch'Allah*.

Brusquement, Ali se tourna vers son compagnon et lança :

— J'ai cent fois pensé à te poser la question. D'où te vient ce nom curieux : Kaloum ? Je ne connais pas un seul Émirati qui le porte.

1. Longue robe légère à manches longues. Elle constitue le vêtement masculin principal.

— Je n'en sais rien, mon ami. Ce sont mes parents qui ont décidé. Un héritage familial peut-être ? Nous sommes originaires de l'oasis d'Al Ain. Selon une vieille légende, ce serait là qu'au temps de la préhistoire des hommes venus d'Afrique se seraient installés.

— Kaloum serait donc un nom d'australopithèque, plaisanta Ali.

Il se recula et fit mine d'étudier les traits de son ami.

— Ce n'est pas impossible. Tu as bien un faciès simiesque !

Il se tut brusquement. Le décompte avait commencé.

Autour d'eux, la tension se lisait sur le visage des ingénieurs qui gardaient les yeux rivés sur leurs pupitres, à l'affût de la plus petite anomalie qui aurait pu mettre en péril le lancement.

À cinquante secondes, une brève alarme retentit, et une voix annonça que l'on venait de passer en mode d'alimentation interne ; cela signifiait que les réservoirs de la fusée étaient pleins, et qu'elle utilisait maintenant sa propre énergie.

— Il n'y a plus qu'à prier, chuchota Ali.

— Cinq, quatre, trois, deux, un… allumage !

Les cinq moteurs du premier étage démarrèrent dans un fracas assourdissant. Sous la formidable poussée, l'engin s'arracha majestueusement du pas de tir : avec ses cent dix mètres de haut, pour un poids de plus de deux mille sept cent cinquante tonnes, l'accélération fut d'abord assez lente. Puis la vitesse s'accrut. Bientôt, la fusée ne fut plus qu'un point brillant dans le ciel.

Un tonnerre d'applaudissements envahit la salle. Les ingénieurs japonais et les Émiratis se congratulèrent. Mais tout n'était pas encore gagné.

Le directeur de vol loucha sur le chronomètre qui égrenait les secondes depuis le début de la mission : deux minutes écoulées déjà, depuis 6 h 58 du matin, heure exacte du décollage. Encore trente secondes, et le premier étage serait largué. Les cinq moteurs du deuxième étage seraient mis à feu et brûleraient leur mélange d'oxygène et d'hydrogène liquide pendant cinq minutes et cinquante-neuf secondes exactement. La poussée dépasserait alors la vitesse de 38 760 kilomètres à l'heure.

— Je crois que cette fois, c'est bon, dit Kaloum.

— Tais-toi, tu vas nous donner le mauvais œil !

Deux heures plus tard, les mots magiques retentirent dans la salle : « Bon pour l'ITL », c'est-à-dire *Integrate, Transfer, and Launch*, quelques mots confirmant que le satellite s'était séparé de son lanceur. Vers 16 h 30, la sonde utilisa ses six propulseurs pour réduire sa vitesse, passant de 121 000 kilomètres à l'heure à 18 000 afin d'être capturée par l'attraction gravitationnelle de Mars.

Depuis cette trajectoire, qui jusqu'à ce jour n'avait été empruntée par aucun autre orbiteur et constituait la grande originalité de la mission, Al-Amal bénéficierait d'une vue globale de la planète.

— Quand je pense à notre passé, commenta Ali, la voix nouée par l'émotion, nous, les fils de Bédouins, enfants du désert, je me dis que nous vivons un rêve. Qui aurait pu l'imaginer ? Qui aurait pu songer que nous saurions accomplir une telle prouesse en cinquante ans[1] ?

Kaloum hocha la tête.

— Je vais t'étonner. C'est encore bien plus incroyable que tu l'imagines. Je ne sais pas s'il faut y croire, mais un jour un vieux sage m'a raconté une étonnante histoire.

Ali fronça les sourcils.

— Je t'écoute.

— Sur le visage des Mahalis se lisait le désespoir. Le ciel s'était fracassé au-dessus de leurs têtes. Ils voyaient la fin du monde. *Leur* fin. Il avait suffi d'un moment d'inattention pour que les maudits Kassoungas, ces barbares, ces primitifs, leur dérobent

1. Abou Dabi a réellement pris son essor à partir de 1966, lorsqu'un homme, Cheikh Zayed, succéda à son frère.

leur bien le plus précieux, le frère ennemi de l'eau : le feu.

Les Kassoungas n'avaient rien à envier aux bêtes les plus féroces. Quand ils ne trouvaient pas de gibier pour se nourrir, ils mangeaient de la chair humaine. Pires que les hyènes, pires que le chien sauvage aux quatre doigts, plus puants que les gloutons, broyeurs d'os. Ils étaient haïs et méprisés de tous les autres clans.

C'était il y a de nombreuses lunes et de nombreux soleils ; mais tous s'en souviennent…

Remerciements

Je remercie très fraternellement mon ami, le poète et écrivain Kadhim Jihad Hassan, qui a eu la patience de lire et relire le manuscrit, m'évitant ainsi nombre d'écueils.

(suite et fin)

Les Silences de Dieu, Albin Michel, 2004. Grand Prix de littérature policière.
Akhenaton, le dieu maudit, Flammarion, 2003.
L'Ambassadrice, Calmann-Lévy, 2002.
Des jours et des nuits, Gallimard, 2001.
À mon fils, à l'aube du troisième millénaire, Gallimard, 2000.
Le Livre des sagesses d'Orient, Éditions 1, 2000.
L'Enfant de Bruges, Gallimard, 1999.
Le Dernier Pharaon. Méhémet Ali, Pygmalion, 1997.
Le Livre de saphir, Denoël, 1996. Prix des libraires.
La Fille du Nil, Denoël, 1993.
L'Égyptienne, Denoël, 1991.
Avicenne ou la Route d'Ispahan, Denoël, 1989.
La Pourpre et l'Olivier, Denoël, 1987.

Composition réalisée
par Rosa Beaumont

Ce livre existe grâce au travail de toute une équipe.

Communication : Caroline Babulle, Sandrine Perrier-Replein, Inès Paulin, Adélaïde Yvert.

Coordination administrative : Martine Rivierre.

Studio : Pascaline Bressan, Barbara Cassouto-Lhenry, Joël Renaudat.

Fabrication : Muriel Le Ménez, Céline Ducournau, Bernadette Cristini, Sophia Paroussoglou, Isabelle Goulhot.

Commercial, relation libraires et marketing : Laetitia Beauvillain, Perrine Therond, Ombeline Ermeneux, Élise Iwasinta, Morgane Rissel, Arthur Rossi, Aurélie Scart.

Cessions de droits : Benita Edzard, Lucile Besse, Sonia Guerreiro, Costanza Corri, Elisabeth Stempak.

Gestion : Sophie Veisseyre, Chloé Hocquet, Isabelle Déxès, Camille Douin.

Services auteurs : Viviane Ouadenni, Jean-François Rechtman, Catherine Reimbold.

Ressources humaines : Mylène Bourreau.

Juridique : Laëtitia Doré, Anaïs Rebouh, Valérie Robe, Lucie Bergeras, Julia Crosnier.

Avec le soutien des équipes d'Interforum et d'Editis qui participent à la création, la diffusion et la distribution de ce livre.

Canoros
Vehit
Canentes

Pour plus d'information :

#lisez! engagé

www.lisez.com

Imprimé sur du papier issu de forêts gérées durablement.

Achevé d'imprimer par
Normandie Roto Impression s.a.s.
N° d'impression : 2301478

Imprimé en France